Fuminori Nakamura

Der Revolver

ROMAN

Aus dem Japanischen
von Thomas Eggenberg

Diogenes

Titel der 2003 bei Kawade Shobo Shinsha Ltd. Publishers, Tokio,
erschienenen Originalausgabe: ›Jū‹

Covermotiv: Illustration von Andy Warhol, ›Gun‹

www.diogenes.ch
80/19/852/1
ISBN 978 3 257 07061 3

Notiz des Autors

In deutscher Übersetzung sind bisher *Der Dieb* und *Die Maske* erschienen. *Der Revolver* ist lange vor diesen beiden Romanen entstanden. 2002 wurde die Geschichte in einer japanischen Literaturzeitschrift veröffentlicht, im Jahr darauf erschien sie als Buch beim Verlag Shinchōsha. Dass *Der Revolver* – mit anderen Worten: mein Debüt als Schriftsteller – nun auch auf Deutsch vorliegt, freut mich sehr. Allen Beteiligten, die das ermöglicht haben, und nicht zuletzt allen Leserinnen und Lesern möchte ich von Herzen danken.

Meine Lesereise im vergangenen Jahr durch Städte in Deutschland, Österreich und der Schweiz hat bei mir unvergessliche, tiefe Eindrücke hinterlassen. Es fühlt sich an wie ein kostbarer Schatz, der mein Schreiben inspiriert und bereichert, und ich wünsche mir sehnlichst, eines Tages wieder nach Europa zurückzukehren.

Fuminori Nakamura, 23. März 2019

»Weil du aber lau bist und weder
warm noch kalt, werde ich dich
ausspeien aus meinem Munde.«
Offenbarung des Johannes

1

Gestern – es kommt mir vor wie gestern – habe ich einen Revolver gefunden. Vielleicht auch gestohlen, ich weiß es nicht genau. Noch nie habe ich etwas so Schönes gesehen, er liegt in meiner Hand, als wäre er für mich gemacht. Bisher hatte ich überhaupt kein Interesse an Waffen, aber in dem Moment, in dem ich den Revolver sah, musste ich ihn haben.

Es regnete in Strömen. Als wolle es nie wieder aufhören. Ein Schirm nützte wenig, schräg kam das Wasser vom Himmel und durchnässte mich bis auf die Knochen. Es war schon spät am Abend, etwa elf Uhr. Der Dauerregen erschien mir wie ein Spiegel meiner Verfassung, und obwohl ich von den Knien abwärts klatschnass war und fror, ging ich aus irgendeinem Grund nicht nach Hause. Vermutlich, weil mir einfach nach Herumlaufen war und ich keine Lust auf meine Wohnung hatte. Mein Verhalten ist mir selber oft ein Rätsel. Ohne bestimmtes

Ziel lief ich in die nächste Straße hinein, die Geschäfte waren alle bereits dunkel. Bei einem kleinen Park stand ein weißer Transporter. Ich erinnere mich genau an das Kätzchen, das unter dem Auto hervorlugte, mich mit seinen leuchtenden Augen fixierte. Wenn ich jetzt daran denke, war es nicht das erste Mal, dass mich eine Katze anstarrte, bevor etwas passierte. Im Nachhinein kommt es mir wie ein Zeichen vor, doch als ich die Katzenaugen sah, kümmerte es mich nicht.

Hinter dem Bahnübergang tauchte ich in ein Labyrinth verschlungener Straßen. Vom Dach eines alten, verlotterten Mietshauses pladderte Regenwasser ohrenbetäubend auf den Blechschrott, der überall herumlag. Der Lärm riss mich für einen Moment aus meiner Trance, und ich überlegte, ob es nicht doch besser wäre, schnell nach Hause zu gehen. Eine heiße Dusche, trockene Kleider. Dennoch lief ich weiter, ohne Ende, ohne Ziel. Ich kann es mir selbst nicht erklären. Andererseits war es schon vorgekommen, dass ich mich derart treiben ließ und, warum auch immer, genau das Gegenteil von dem tat, was ich eigentlich wollte. Durchnässt und in trostloser Stimmung setzte ich meinen Weg fort.

Das war gut so. Über mein Tun und Lassen habe ich mir kaum je Gedanken gemacht. Auch nicht über die Konsequenzen. Doch diesmal ist es anders. Wenn ich an mein nächtliches Abenteuer denke, empfinde ich fast so etwas wie Dankbarkeit. Denn wäre ich einfach nach Hause gegangen, läge dieser Revolver jetzt nicht in meiner Hand. Allein schon die Vorstellung, ihn nicht zu besitzen, lässt mich erschauern, was unsinnig sein mag, weil mir der Revolver von Anfang an nie gehört hat.

Irgendwo zog ich am Automaten einen Dosenkaffee. Ich hatte keinen Durst, aber es war mir fast zur Gewohnheit geworden, im Gehen Kaffee zu trinken. Ich riss die Lasche hoch und nahm einen Schluck. Am Himmel hingen schwere graue Wolken, so dass man weder Mond noch Sterne sah. Die letzten Spuren von Wärme, die der Tag hinterlassen hatte, waren durch den Regen wie weggewaschen. Mich fröstelte.

Doch ich lief und lief, lief und lief, ohne jeden Plan. Lauschte dem Rauschen des Regens, nippte an meinem Kaffee. Als die Dose leer war, zündete ich mir eine Zigarette an. Links und rechts drängten sich Wohnhäuser dicht aneinander. Nach einer Weile lichtete sich das Häusergewirr, und ich kam zu einer breiten Straße. Ohne die Geschwindigkeit zu drosseln, stoben die Autos an mir vorbei, besprühten mich mit Wasserfontänen, und weit und breit gab es keine Seitenstraße, in die ich mich hätte flüchten können. Die Regentropfen schienen im

Scheinwerferlicht der entgegenkommenden Autos wie Myriaden Goldkörnchen zu funkeln. Und auch wenn das wirklich schön aussah, fror ich in meinen nassen Kleidern nun so sehr, dass es kaum mehr zu ertragen war.

Die Straße wurde zu einer Brücke. Statt den Fluss zu überqueren, stieg ich die grasbewachsene Böschung zum Ufer hinunter. Für einen Moment wollte ich einfach nur dem Regen entkommen, wollte unter dem Brückenbogen eine Zigarette rauchen und mir überlegen, was ich als Nächstes tun könnte. Der Fluss war durch den Regen angeschwollen, die Wassermassen schmatzten und glucksten im betonierten Uferdamm. Unter dem Brückengewölbe nahm das Rauschen des Wassers noch zu. Ich fühlte mich unwohl, doch daran war ich ganz allein schuld. Ich zündete mir eine Zigarette an und suchte nach einer Stelle, wo ich mich hinsetzen konnte.

Da sah ich etwas – einen schwarzen Schatten, dort, wo das Gras auf den Beton stieß. Er schien die Umrisse eines Menschen zu haben. Oder war es nur irgendwelcher Müll? Dafür erinnerte der Schatten zu sehr an einen menschlichen Körper. Jäh überkam mich das Bedürfnis zu fliehen. Mein flaues Gefühl verwandelte sich binnen Sekunden in panische Angst, aber meine Neugier war stärker. Ich riss mich zusammen und ging vorsichtig näher. Nach zwei, drei Schritten gab es keinen Zweifel mehr: Es war ein Mann. Mir stockte der Atem. Er trug einen schwarzen Anzug und lag, den Kopf zur Seite gedreht, auf dem Bauch. Sein linker Arm ragte schlaff ausgestreckt über den Kopf. Ich merkte, wie mein Herz immer schneller, immer lauter zu pochen begann. Wieder und wieder schluckte ich, um die trockene Kehle zu befeuchten.

Nun stand ich direkt neben ihm. Aus seinem kurzen angegrauten Haar schloss ich, dass der Mann in den Fünfzigern sein musste. Ich schaute ihm ins Gesicht. Ich hatte einen furchtbaren Anblick erwartet, aber es lag etwas Ruhiges, ja Friedliches in seinen Zügen. Nur die zugekniffenen Augen schienen missmutig irgendwohin zu starren. Der Mund war fast geschlossen. Ich sah überhaupt nichts Ekelerregendes, nur da, wo sein Kopf auf dem Betonboden lag, hatte sich eine große schwarze Lache gebildet. Zwischen den Fingern seiner linken Hand stachen Grasspitzen hervor. Ich weiß nicht, warum ich die ewig lange anstarrte. Der Saum des Jacketts war umgeschlagen, so dass das weiße Hemd zum Vorschein kam. Ich weiß nicht, warum ich auch ewig lange auf dieses Weiß starrte. Der Körper des Mannes strahlte eine ungeheure Präsenz aus, als gehörten das Gras und der Beton nur ihm allein. Wie angewurzelt stand ich da, aber nach einer Weile wurde mein Herzschlag ruhiger, und ich fand meine Fassung wieder. Es überraschte mich ein wenig, wie gut ich mit der Situation klarkam.

Nicht weit vom rechten Arm des Mannes entfernt lag etwas Schwarzes, dessen Umrisse sich deutlich abhoben. Jetzt, da mich die Leiche nicht mehr erschreckte, hatte ich es bemerkt. Wieder fing mein Herz zu rasen an, noch heftiger als zuvor. Ich kniete nieder, um mir den Gegenstand genauer anzusehen, hob ihn mit einem kraftlosen Arm auf, bis dicht vor meine Augen. Auf einmal spürte ich, wie mich ein überwältigendes Glücksgefühl durchflutete. Zugleich fand ich es unheimlich, dass nur schon der Anblick mich in solche Hochstimmung versetzte. Es war, als würde ich zerrissen. Gegen meinen Willen steigerte sich meine Aufregung immer weiter. Ich konnte sie nicht bändigen, konnte mich nicht beruhigen. Dass ich derart die Kontrolle verlor, machte mir Angst, doch dann gab ich auf und überließ mich ganz meinen Gefühlen. Mein Herz schlug wie wild, es schmerzte, und mein Blick verengte sich. In einem Winkel meines Bewusstseins nahm ich gerade noch wahr, wie alles um mich herum verschwamm und von weit her eine Stimme sagte: *Dieser Revolver gehört von jetzt an dir.* Die Worte mussten wohl aus mir selbst kommen; unzählige Male hallten sie in meinem Kopf wider. Ich brauchte eine Weile, um zu begreifen, dann begann ich, sie zu wiederholen. Meine Augen wurden feucht. Es fühlte sich an, wie soll ich sagen, als würde ich mir selbst vergeben für das, was ich empfand. Wer weiß, vielleicht hatte ich in dem Moment auch einfach den Verstand verloren. Aber da ich jetzt wieder klar zu denken vermag, bin ich mir ziemlich sicher, dass es nur vorübergehend war.

Irgendwann erinnerte ich mich wieder an den Toten neben mir. Doch der kümmerte mich nicht mehr. Ein wildfremder Typ, mit dem ich nichts zu tun hatte. Ich zwängte den Revolver in die hintere Gesäßtasche meiner Jeans und zog das Hemd darüber. Mag sein, dass mir in dem Moment ein Lächeln übers Gesicht huschte. Übermütig geworden, kam mir der Gedanke, der Polizei meinen Leichenfund zu melden. Das schien mir dann aber doch zu riskant. Besser, mich mit dieser Angelegenheit nicht unnötig in Schwierigkeiten zu bringen. Schließlich könnte man mich als Mörder dieses Mannes verdächtigen; dabei verstieß ich bereits gegen das Gesetz, weil ich entschlossen war, den Revolver mitzunehmen. Auf einmal wurde mir mulmig und ich blickte mich verstohlen um, vergewisserte mich, dass ich von niemandem beobachtet wurde. Ich suchte den Boden ab, prüfte akribisch, ob ich nichts fallen gelassen oder sonst welche Spuren hinterlassen hatte, und entfernte mich langsam. Bei der Grasböschung, über die ich zurück zur Straße kraxeln musste, war besondere Vorsicht geboten. Ich verharrte im Schatten der Brücke und wartete, bis der Strom vorbeifahrender Autos abreißen würde, versuchte dabei, auf jedes noch so kleine Geräusch zu hören, doch das Rauschen des Verkehrs und das Rauschen des Flusses übertönten alles. Endlich ein günstiger Moment: Unauffällig trat ich auf die Straße und ging langsam weiter. Im Bewusstsein argwöhnischer Blicke, die mich verfolgen könnten, machte ich ein Gesicht, als wäre ich in Gedanken vertieft. Auf einmal merkte ich, dass mein Schirm geschlossen war. Hastig spannte ich ihn auf. Noch immer konnte ich mein Glück nicht fassen. Die mich von oben bis unten vollspritzenden Autos waren mir jetzt egal. Ich konzentrierte mich ganz auf den Revolver, den ich am Gesäß spürte – bis ich es nicht mehr aushielt, mich hinter ein Gebäude verdrückte und den Revolver aus der Tasche nahm. Die Außenbeleuchtung warf fahles Licht auf meinen Schatz. Er war wahnsinnig schön. Aber dann sah ich, dass der Revolver ganz verschmiert war, besonders an der Mündung. Blut. Ich erschrak und kramte hastig nach der Packung Papiertaschentücher, die ich stets bei mir trug, hielt ein Taschentuch nach dem andern in den Regen und wischte den Lauf sauber, bis alle aufgebraucht waren. Mir blieb nichts anderes übrig, als das blutig-feuchte Bündel in die rechte Hosentasche zu stopfen, weil es nirgendwo etwas zum Wegwerfen gab. Erst jetzt wurde mir bewusst, wie unnötig diese Reinigungsaktion gewesen war. Wieder blickte ich mich um, in der Hoffnung, dass mich niemand beobachtete. Außer dem unablässigen Tropfen und Trommeln des Regens war nichts zu hören; es war beinahe gespenstisch. Erleichtert atmete ich auf und betrachtete erneut den Revolver, konnte mich nicht sattsehen daran. Dann schob ich ihn eilig wieder in die Gesäßtasche der Jeans, diesmal aber in die andere. Mir war, als würde seine Schönheit sich verflüchtigen, wenn ich ihn noch länger so offen in der Hand hielt. Ich kehrte zur Straße zurück, versuchte mein Hochgefühl zu dämpfen, das mich wie auf Wolken trug. Im gleichen langsamen Tempo ging ich weiter, aber es war jetzt klar, in welche Richtung es mich zog – nach Hause.

Ich schloss meine Einzimmerwohnung auf, trat langsam ein und verriegelte die Tür wieder hinter mir. Mitten in dem winzigen Raum stehend – er war sechs Tatamimatten groß und hatte einen Plastikbodenbelag in Holzoptik –, nahm ich meinen Revolver hervor. Ich hatte das Gefühl, als könnte ich im tiefen, dunklen Glanz des Metalls versinken. Der Revolver war nur ein wenig größer als meine Hand. Der Lauf kurz, der Rücken geriffelt wie die Kiemen eines Fisches. Im Zentrum des Metallkörpers befand sich die zylindrische Trommel, in der sich wahrscheinlich die Patronen befanden. Ich stellte mir vor, wie sie sich drehte und ihre Ladung exakt dahin transportierte, wo sie hingehörte. Direkt unter der Trommel war ein Schraubenkopf mit Längsschlitz zu sehen, was mir plötzlich klarmachte, dass der Revolver von Menschenhand gemacht war. Das dunkelbraune Griffstück hatte in der Mitte einen runden, dekorativen Goldbeschlag und darum herum ein feinmaschiges Rautenmuster. In einer Vertiefung steckte eine weitere Schlitzschraube. Der Beschlag zeigte ein Pferd, das sich auf seinen Hinterbeinen aufbäumt und im Maul und auch zwischen den Vorderbeinen etwas wie eine Lanze hält. Darüber stand COLT, wobei das T angedunkelt war, vielleicht ein Rostfleck. Das gleiche Emblem fand sich noch einmal auf der Fläche zwischen Trommel und Griff. Auf derselben, linken Seite war in den Lauf ein Schriftzug eingraviert: LAWMAN MK III 357 MAGNUM CTG. Es handelte sich wohl um die Modellbezeichnung des Revolvers, aber mir erschienen die Buchstaben eher wie ein Geheimcode. MK III, Magnum – das klang unglaublich cool. Entschlossen richtete ich den Revolver auf ein imaginäres Ziel. Wie von selbst fanden alle fünf Finger ihren Platz, gaben dem Revolver und auch mir Halt. Als wäre es die natürlichste Sache der Welt, lag der Daumen auf dem Hahn, der Zeigefinger am Abzug, während die restlichen Finger den Griff stabilisierten. Die Berührung meiner Haut mit dem Revolver hatte eine geradezu elektrisierende Wirkung, mein ganzer Körper spannte sich an, und ich wusste, dieses Gefühl würde nie vergehen. Ich hielt den Revolver fest in der Hand, war wie bezaubert von seinem tiefdunklen Silberglanz. Und nun gehörte er mir, und ich würde ihn anschauen können, wann immer ich wollte. Sorgfältig überprüfte ich, ob nicht irgendwo noch ein Flecken Blut war. Fand ich etwas, wischte ich es sofort weg. Zum Schluss polierte ich den ganzen Revolver mit einem Tuch, wieder und wieder, bis er blitzsauber war. Dann schaute ich mich im Zimmer um, suchte nach einem geeigneten Ort, um meinen Schatz zu verstecken.

Mein Blick fiel auf eine braune Ledertasche in der Zimmerecke. Eine ehemalige Freundin, mit der ich nur einen Monat zusammen gewesen war, hatte sie mir vor langer Zeit geschenkt. In der Tasche bewahrte ich Versicherungsausweise, meinen Namensstempel, den Mietvertrag für die Wohnung und dergleichen Dokumente auf. Ich nahm alles heraus und legte den Revolver langsam hinein. Aber mir schien, etwas fehlte. Nach einigem Nachdenken schichtete ich mehrere Papiertaschentücher aufeinander und bedeckte damit den Boden der Tasche. Als ich den Revolver auf das weiche weiße Bett legte, erfüllte mich große Zufriedenheit. Eine Weile schaute ich reglos in die Tasche – bis ich mir einen Ruck gab, die Klappe zumachte und die Schnalle schloss.

Die Ereignisse dieser Nacht erschienen mir auch jetzt, in der Erinnerung, wie ein wundersamer, bizarrer Traum. Ein krasser Gegensatz zur Realität, die ich immer als eintönig und langweilig empfunden habe. Kaum war ich aufgewacht, kam mir alles wieder in den Sinn, und wieder durchflutete mich dieses Glücksgefühl. Aber schon im nächsten Moment packten mich Zweifel. Hastig öffnete ich die Ledertasche. Da lag er, der Revolver, als hätte er schon immer dagelegen. Er existierte also wirklich und war kein Hirngespinst. Ich betrachtete ihn lange. Seine Schönheit und Präsenz enttäuschten mich auch jetzt nicht, im Gegenteil. Es fühlte sich an, als würde der Revolver mir helfen, aus meiner verschlossenen Welt auszubrechen, als würde er mich dahin führen, wo alles möglich war.

2

Drei Tage vergingen, seit ich den Revolver an mich genommen hatte. In meinem Leben änderte sich nichts Bemerkenswertes, zumindest äußerlich nicht. Alles, was um mich herum geschah, empfand ich als so langweilig und eintönig wie zuvor. Und doch war ich guter Laune, denn die Veränderung vollzog sich in meinem Inneren.

Jeden Morgen stand ich auf und öffnete zuerst die Tasche, um nach dem Revolver zu sehen. Dann putzte ich die Zähne, zog mich schnell an und ging aus dem Haus. Früher hatte ich oft vergessen, die Tür abzuschließen, aber in den letzten Tagen war mir das nicht mehr passiert. Wenig überraschend, wenn man bedenkt, dass in der Wohnung ein Revolver lag.

Am Morgen des vierten Tages war der Himmel strahlend blau. Endlich, dachte ich, nachdem es unablässig geschüttet hatte, als müsse die Welt ertränkt werden. Ich merkte, wie ich mit mir selber sprach: Endlich hat es aufgehört zu regnen, doch das war nur meiner euphorischen Stimmung zuzurechnen. Aus dem gleichen Grund warf ich sogar einen Blick in den Briefkasten. Offenbar fand ich plötzlich Gefallen daran, Dinge zu tun, die normale Menschen jeden Tag taten.

Ich stieg in die U-Bahn und fuhr zur Uni. Auf dem Campus wimmelte es von Menschen. Die bunten Farben ihrer Kleidung vermengten sich zu einem pulsierenden, flimmernden Wirrwarr, von dem mir ein wenig schwindlig wurde. Kommilitonen sprachen mich an, und lächelnd wechselte ich mit allen ein paar Worte. Ich trat in ein gräulichweißes, ziemlich heruntergekommenes Gebäude, stieg die Treppe hinauf. Ein Typ, der die Treppe heruntergerannt kam, rempelte mich an, so dass ich beinahe das Gleichgewicht verlor. Er entschuldigte sich knapp und hastete weiter. Ich fragte mich, warum er es so verdammt eilig hatte. Einen Moment lang erwog ich, ihn zu verfolgen und zu Boden zu reißen. Sicher wäre nicht nur er überrascht, sondern auch die Augenzeugen dieser Szene. Die Idee faszinierte mich. Ich stellte mir die erstarrten Gesichter vor und musste grinsen. Dass ich überhaupt auf die Idee kam, war sicher auch ein Zeichen meiner guten Laune.

Jemand klopfte mir von hinten auf die Schulter. Ich drehte mich um – Keisuke. Wie immer lachte er und fragte dann, warum ich hier auf der Treppe herumstehe. Überrumpelt, fiel mir keine Antwort ein. Ich lachte. Er sah mir in die Augen und sagte: »Na, ist sie gut gewesen?« Und übergangslos weiter: »Letztens hab ich Idiot eine nach Hause begleitet. Ich muss völlig neben mir gestanden haben. Im Auto hat sie mich mit allem möglichen Zeug vollgelabert und dann auch noch angefangen zu heulen. Es wäre so leicht gewesen. Aber ich bin einfach nur abgehauen. Wie ein richtig netter Kerl, ich sag's dir. Hab sie brav getröstet und so. Mehr nicht.«

»Im Ernst? Da hattest du ja einen ganz schlechten Tag. Du gehst doch sonst immer in die Vollen!«

»In die Vollen, ja, sicher. Ausgerechnet von dir hör ich das, Nishikawa.«

Keisuke lachte, und wir liefen los. Die nächste Vorlesung hatten wir gemeinsam. Keisuke schwatzte ununterbrochen weiter – über Mädchen, Seminararbeiten, CDs, die er kürzlich gekauft hatte.

Als nach der Anwesenheitskontrolle die Vorlesung begann, gähnte Keisuke ungeniert und nickte bald darauf ein. Plötzlich berührte mich jemand und ich drehte mich zur nächsten Reihe um. »Hey, lange nicht gesehen!«, sagte ein Mädchen, doch ich hatte keine Ahnung, wer sie war.

Der bebrillte Professor sprach mit langsamer, gedämpfter Stimme über Globalisierung und die amerikanische Kultur, die dabei eine zentrale Rolle spielte. Während er den Studierenden Kopien verteilte, erzählte er, wie Amerika sich als Land entwickelte, indem es sich zahlreiche Völker und deren Kulturen einverleibte. Aber, fuhr er fort, auch ein Vielvölkerstaat wie Amerika habe mit unzähligen Problemen zu kämpfen wie zum Beispiel Ethnozentrismus, Rassismus und Ghettoisierung.

»Was die amerikanische Kultur trotzdem so großartig macht …« – an dieser Stelle musste er laut niesen – »… ist eben ihre Vielfalt. Wie Sie wissen, hat die Amerikanisierung Japans nicht erst gestern begonnen. Als Ausdruck einer Schwäche unserer eigenen Kultur möchte ich es aber nicht sehen, auch wenn die Bewunderung für Amerika seit dem verlorenen Krieg bis heute andauert.«

Während ich den einschläfernden Worten zu folgen versuchte, tuschelte das Mädchen hinter mir, ob ich nicht mit ihr in die Cafeteria kommen wolle, die Vorlesung sei so langweilig. Aber ich hatte keine Lust. Irgendwann merkte ich, dass sie nicht mehr da war. Keine Ahnung, wann sie sich hinausgeschlichen hatte.

Ich hörte auf, mir Notizen zu machen, und gab mich den Gedanken an meinen Revolver hin. Ich fragte mich, warum mich das Ding so faszinierte und die Euphorie nicht nachließ. Mein Leben war eintönig. Kein Wunder also, dass der Revolver mir wie ein Geschenk des Himmels erschien. Vielleicht lag es auch an der radikalen Einfachheit und Eindeutigkeit des Gegenstandes; denn die auf das Wesentliche reduzierte Form verkörperte ihren Zweck in höchster Vollendung, grausam und eiskalt. In meinen Augen war der Revolver vor allem dazu da, Leben zu zerstören, und dies möglichst effizient. Eine Emanation von Thanatos sozusagen. Aber warum fand ich Gefallen an einem solchen todbringenden Objekt? Weder hatte ich den Wunsch, jemanden umzubringen, noch die Absicht, mich selbst zu töten. Dass ich jemals mit einer Schusswaffe zu tun haben könnte, hätte ich nie geglaubt. Vielleicht war ich wie ein kleines Kind, das über sein ausgefallenes Spielzeug entzückt war? Der Gedanke gefiel mir. Es war nicht nötig, weiter zu grübeln. Was auch immer der Grund sein mochte – der Revolver gehörte jetzt mir, und das Hochgefühl über diese Tatsache machte meinen Alltag erträglicher, abwechslungsreicher. Jemanden einschüchtern oder auch beschützen. Jemand anderen oder mich selbst töten, kinderleicht. Unabhängig davon, ob ich es irgendwann tun würde oder nicht – wichtig war, dass ich die Möglichkeit in der Hand hatte, erfüllt vom kribbelnden Gefühl der Verlockung.

Als die Vorlesung sich dem Ende näherte, öffnete

Keisuke die Augen und sagte etwas zu mir. Da ich nicht richtig hingehört hatte, gab ich ausweichend Antwort. Beim Verlassen des Hörsaals fragte er mich, ob ich mit in die Mensa komme. Jetzt erst merkte ich, wie hungrig ich war. Ich nickte.

»Heute Abend ist 'ne kleine Party. Du bist doch dabei, oder? Ich weiß nicht, wie viele Leute da sein werden, aber die Girls sind sicher heiß. Wenn du nicht kommst, ist's nur halb so lustig. Ich brauche deinen Beistand, verstehst du?«, sagte Keisuke augenzwinkernd und lachte.

Ich dachte an meinen Revolver. »Sorry, heute nicht.«

Doch Keisuke ließ nicht locker. »Hör mal, ich hab schon ewig keinen Sex mehr gehabt. Einen Monat oder so. Wirklich! Ich werd noch verrückt, wenn das so weitergeht. Du musst mir unbedingt helfen, Mann. Dafür lass ich dir auch die Wahl. Wär das 'n Deal?«

»Es macht doch keinen Unterschied, ob ich da bin oder nicht.«

»Quatsch! Wenn du da warst, lief es immer, oder nicht? So wie letztes Mal. Da hast du die zwei wunderbar um den Finger gewickelt ... So könntest du es heute wieder machen, ja?«

Auch wenn Keisukes Gerede mich nervte – am Ende gab ich nach. Ich hatte vorgehabt, ein schönes weißes Tuch als Unterlage für den Revolver zu kaufen. Doch vielleicht war es gar nicht so übel, den Kauf etwas aufzuschieben. So konnte ich mich länger freuen.

Keisuke und ich vertrödelten ein paar Stunden und machten uns dann auf in die Bar. Aus unerklärlichem Grund lief die Klimaanlage auf Hochtouren. Mich fröstelte in der künstlichen Kälte. »Wir haben auf euch gewartet!«, hörte ich jemanden rufen und entdeckte auch schon Nakanishi. Keisuke und ich waren absichtlich zu spät gekommen – mit dem Hintergedanken, die Aufmerksamkeit auf uns zu lenken und den Eindruck zu erwecken, als hätten wir gar keine besondere Lust. Nakanishi saß mit vier Mädchen und einem Typen an einem großen Tisch. Ich hatte den Typ erst neulich kennengelernt, doch sein Name wollte mir nicht mehr einfallen. Keisuke schob irgendeinen Grund für unsere Verspätung vor. Alle lachten. Zwei der Mädchen waren hässlich, die zwei anderen Durchschnitt. Keisuke und ich quatschten mit den etwas besser aussehenden. Bald wechselten wir in einen Karaoke-Klub. Vielleicht lag es am Alkohol, aber die hässlichen Mädchen waren ganz aufgedreht und fassten mich dauernd an. Hin und wieder warf Keisuke mir einen Blick zu und grinste. Eine der Hässlichen konnte gut singen, und weil sie es auch selbst wusste, sang sie inbrünstig ein Lied nach dem andern. Leidtragender war ich, der in der Nähe saß und mehrmals ihre Spucke abbekam.

Ich flüchtete auf die Toilette. Kaum war ich fertig, erschien Keisuke.

»Heute Abend passiert's, ich schwör's dir«, sagte er. »Die Mädels sind leider nicht so süß, aber das ist mir jetzt egal.«

Ich lachte gequält. Eine der Durchschnittlichen steuerte auf die benachbarte Damentoilette zu. Ich fragte sie, ob es ihr nicht gutgehe, sie wirke irgendwie bedrückt, worauf sie antwortete, sie habe Stress mit ihrem Freund, eigentlich habe sie heute gar nicht mitkommen wollen. Ich sagte, dass mir auch nicht so nach Feiern zumute sei. Lieber würde ich an einem ruhigen Ort etwas trinken. Keisuke sagte, das sei okay. Die Durchschnittliche textete ihrer Freundin, sie solle zu uns herüberkommen, und so verließen wir zu viert den Karaoke-Klub. Keisuke grinste. Als ich ihn fragend anschaute, sagte er, er habe Nakanishi getextet, er solle sich um den Rest kümmern. Er grinste wieder. Während ich zurückgrinste, ging mir durch den Kopf, dass junge Frauen gerne über ihre Probleme sprechen. Ich scannte die beiden von oben bis unten. Obwohl ich keine von ihnen besonders sexy fand, entschied ich mich für die mit der größeren Oberweite und überlegte, wie ich weitermachen sollte. Normalerweise würde ich den Verständnisvollen mimen und nach Hause verschwinden, doch der Gedanke an den Revolver beflügelte mich plötzlich so sehr, dass ich mir vornahm, die Chance zu nutzen. Wie Keisuke.

Wir wählten eine ruhige Bar, bestellten für die Girls hochprozentige Drinks und hörten ihnen aufmerksam zu. Wir bekräftigten sie in allem, was sie sagten, gaben uns verständnisvoll und einfühlsam.

Als der Alkohol immer mehr Wirkung zeigte, startete ich mein Manöver. Ich fing an, die Hand des Mädchens zu streicheln, mit dem ich mich am meisten unterhalten hatte. Dann strich ich ihr übers Haar. Es schien sie nicht zu stören. Es ist so weit, dachte ich und bestellte nichts mehr nach. Vergnügt verließ ich mit dem Mädchen die Bar.

Wir nahmen ein Taxi und fuhren zu ihrem Apartment. Sie wirkte ziemlich betrunken, aber ich vermutete, dass ein Teil davon Schauspielerei war. Ich schubste sie aufs Bett und zog ihr die Kleider aus. Meistens war ich beim Sex lediglich darauf fixiert, meine Lust zu stillen. Schnell und egoistisch. Doch diesmal gab ich mir Mühe, sie gut zu behandeln, achtete bei jeder Berührung oder Bewegung darauf, wie sie reagierte, ließ mir und ihr viel Zeit. Dass ich überhaupt dazu fähig war, hatte wohl mit meiner gehobenen Stimmung zu tun. Sie stöhnte laut, und ich konzentrierte mich auf ihr Stöhnen, um meinen Höhepunkt so lange wie möglich hinauszuzögern.

3

Eigentlich hatte ich nach Hause gehen wollen, während sie noch schlief, doch erst das Fauchen des Gasherds weckte mich. Als ich mich umsah, lag niemand neben mir im Bett. Ein beiger Vorhang verhinderte den Blick in die Küche, aber ich nahm an, dass sie Frühstück machte. Die Fingerspitzen meiner rechten Hand rochen noch immer nach ihr. Es ekelte mich. Ich langte nach meinen Zigaretten auf dem Tisch, zündete mir eine an und nahm einen tiefen Zug. Meine am Vorabend achtlos hingeworfenen Kleider lagen zusammengefaltet am Fußende des Bettes. Es machte den Eindruck, als gehörten sie gar nicht mir.

»Oh, ich hab dich geweckt … Tut mir leid«, sagte sie und streckte ihren Kopf hinter dem Vorhang hervor. Sie war dezent geschminkt und trug ein weißes Sweatshirt. Mir gefiel, wie sie zu mir sprach, weil es so unverkrampft und natürlich war. Angenehm überrascht, suchte ich nach einer passenden Antwort und sagte schließlich: »Nee, ist schon okay.«

Mit dem Gefühl, dass noch etwas fehlte, fügte ich hinzu: »Wie spät ist es denn?«

»Schon zehn … Das heißt, auch die zweite Vorlesung verpasst. Aber ich hatte eh nicht vor hinzugehen. Keine Lust.«

»Neun? Ich dachte, es wär früher.«

»Was? Nein … Es ist zehn, nicht neun. Zehn Uhr«, sagte sie lachend und: »Es gibt gleich Kaffee.«

»Danke. Aber bitte stark, ja?«

Ich stand auf und zog die zusammengefalteten Kleider an. Dann überlegte ich, was ich tun sollte. Alles war möglich. Noch vor einer Woche hätte ich einfach versucht, Spaß an dem Abenteuer zu haben; doch jetzt wollte mir das nicht mehr ohne weiteres gelingen. Man sagt, der Mensch könne sich an alles gewöhnen. Oft dachte ich, das stimmt. Nur, mich für etwas entscheiden zu müssen, empfand ich in dieser Situation – es mag vielleicht selbstsüchtig klingen – als mühsame, lästige Angelegenheit.

Ich drückte die Zigarette aus und ging in die Küche. Sie war gerade dabei, den Kaffee zu kochen, und stand mit dem Rücken zu mir vor dem Gasherd. Ich presste mich an sie und schlang meine Arme um ihren Oberkörper. Dann fasste ich ihr an die Brüste und leckte ihren Nacken. All das tat ich in voller Absicht – damit sie denkt, ich wäre ein widerlicher Kerl, der sich nur für ihren Körper interessiert. Nun ja, in Wahrheit läge sie damit gar nicht so falsch, ging es mir durch den Kopf, und ich konnte ein Grinsen nicht unterdrücken. Lachend hielt sie meine Arme fest und sagte: »Na na, nicht jetzt.«

Ich griff ihr mit der rechten Hand zwischen die Beine und rieb durch die Jeans ihr Geschlecht. »Lass es mich wieder machen. Das gestern Nacht war doch nur der Anfang. Ich brauche mehr«, sagte ich provozierend, in der Hoffnung, sie möge wütend werden. Hätte sie mir das siedende Wasser vom Herd übergeschüttet, ich hätte es sogar verstehen können. Es fühlte sich gut an, sich dem Lauf der Dinge einfach zu überlassen.

Auf einmal brach sie in lautes Lachen aus. »Okay, okay, hab's kapiert. Deswegen musst du aber nicht wie eine Klette an mir kleben. Ist doch kein Problem, wenn du Sex willst. Nun lass mich erst mal den Kaffee fertig machen. Ich hab zwar einen Freund, aber wir können uns ab und zu treffen. Wär das was?«, sagte sie, ohne weiter auf mich einzugehen.

Ich wusste nicht, was darauf antworten, doch ihr Vorschlag war alles andere als übel. Ich beschloss, mit ihr den Kaffee zu trinken und dann nach Hause zu gehen.

Während ich durch die Fernsehkanäle zappte,

rauchte ich eine Zigarette nach der anderen. Irgendwann blieb ich bei NHK hängen. Eine Gruppe von Männern und Frauen bestieg einen schneebedeckten Berg. Als jemand mit braunrotgebranntem Gesicht etwas sagte, lachten alle.

Das Mädchen stellte Kaffee und zwei Teller mit Toast auf den Tisch. Der Geruch des Kaffees breitete sich im ganzen Zimmer aus. Ich nahm einen Schluck. Der Geschmack war leicht, aber angenehm bitter. Ich machte ihr ein Kompliment, und sie antwortete, dass sie in einem Café jobbe. »Manchmal schenken sie uns was vom frisch gemahlenen Kaffeepulver. Komm doch mal vorbei, im Café schmeckt's noch viel besser«, sagte sie und nahm auch einen Schluck.

Die Sendung war zu Ende, es folgten Nachrichten. Ein Mann im Anzug berichtete live über die Lage in Afghanistan. Im Hintergrund war ein Krankenhaus zu sehen, als die Kamera näher heranfuhr, erkannte man einen Mann mit nur einem Bein in einem schmutzigen Bett. Als er merkte, dass die Kamera auf ihn gerichtet war, wurde sein Gesichtsausdruck immer finsterer. Die Kamera zoomte das zerfurchte Gesicht langsam heran. Er redete in einer geradezu kryptisch anmutenden Sprache. »Ich kaufe und verkaufe Maultiere.« Die japanische Übersetzung erschien am unteren Bildrand. »Aber alle meine Maultiere sind mit meinem Haus verbrannt, und ein Bein hab ich auch verloren. Ich habe keine Ahnung von Politik, es interessiert mich nicht.« Er schien weiterreden zu wollen, doch die Szene wechselte abrupt, und man sah eine menschenleere Wüstengegend.

Während das Mädchen ununterbrochen redete, nickte ich nur und sagte gelegentlich »Hm«, »Echt?« oder »Ach so«. Ich knabberte an meinem Toast und trank den Kaffee. Der Toast war warm. So etwas hatte ich schon lange nicht mehr gegessen. Die Wohnung war gemütlich eingerichtet, mit Möbeln in warmen braunen Tönen, wodurch das Weiß der offenbar neutapezierten Wände fast schmerzhaft in die Augen stach. Zuoberst auf dem Büchergestell thronte ein großer Teddybär. Als sie bemerkte, wie ich den Bär anstarrte, sagte sie, ihr Freund habe den bezahlt, und lachte.

Plötzlich lief über den Bildschirm die Headline *Leiche am Arakawa*. Mit der Kaffeetasse in der Hand, folgte ich gebannt dem Bericht. Mein Herz begann, wie wild zu schlagen. Ich fühlte mich, als hätte mich etwas durchbohrt und bewegungsunfähig gemacht. »Gestern wurde am Ufer des Arakawa im Bezirk Itabashi die Leiche eines Mannes entdeckt«, sagte der Reporter. »Der zwischen vierzig und fünfzig Jahre alte Mann kam vermutlich vor weniger als einer Woche durch einen Kopfschuss ums Leben. Seine Identität ist noch ungeklärt. Das Polizeipräsidium geht davon aus, dass es sich um Mord handelt. Umfassende Ermittlungen, inklusive die Suche nach der Tatwaffe, sind im Gange.«

Die Nachrichten wechselten zum Sport, Baseball. Ichirō schlug den Ball, machte einen Punkt und entschied das Spiel für die Mariners. Irgendein Ausländer, den ich nicht kannte, sprach an einer Pressekonferenz sichtlich stolz über seine Leistung. Ein Golfspieler reckte den gewonnenen Silberpokal in die Höhe. Pferde galoppierten um die Wette. Stumm und wie betäubt starrte ich auf den Fernseher. Das Mädchen sagte etwas zu mir. Fragend schaute ich sie an und versuchte, möglichst entspannt zu wirken.

»Ich hab dich gefragt, was los ist. Du bist so bleich ...«

»Was?«

»Dein Gesicht, es ist kreideweiß.«

Ich verstand ihre Worte nicht, dachte, sie würde sich über mich lustig machen, und lachte. Ich wollte laut lachen, doch es kratzte im Hals, und was herauskam, war nur ein komisches Krächzen. Mein Blick verschwamm. Erst nach einer Weile merkte ich, dass ich das Mädchen ununterbrochen anstierte. In einem Winkel meines Bewusstseins flackerte das Wort »Toilette« auf, und ich schaffte es, mich dorthin aufzumachen. Mit besorgter Miene redete sie weiter auf mich ein. Ich schaute in den Spiegel. Tatsächlich, mein Gesicht war leichenblass, als ob bläulichweiße Farbe aus allen Poren gedrungen wäre. Schweiß perlte auf der Stirn, und ein kalter Schauer lief mir über den Rücken. Meine Arme kribbelten unangenehm; sie fühlten sich kraftlos an, wie taub. Mit kaltem Wasser wusch ich mir das Gesicht, trank gierig Schluck um Schluck in der Hoffnung, es würde mich wieder beleben. Plötzlich pochte es an die Tür. Ich erschrak. »Ist alles in Ordnung?« Es musste das Mädchen sein. Leise murmelte ich vor mich hin: »Was zum Teufel machst du hier. Es ist doch alles in Ordnung.« Und laut sagte ich: »Ah, entschuldige, ich musste mich … ähm … Ich musste mich übergeben. Tut mir leid. Aber es geht schon viel besser.«

»Was? Oje, so was dachte ich mir schon. Das Brot war jedenfalls noch frisch. Es tut mir so leid.«

»Nein, nein, das ist es nicht. Manchmal hab ich das, einfach so … Hängt auch von meiner körperlichen Verfassung ab.«

»Hm, das tut mir leid, wirklich. Soll ich einen Krankenwagen rufen? Oder was meinst du?«

»Nein, ist schon gut. Ich bin okay. Nichts Schlimmes. Es geht jedes Mal schnell vorüber.«

Wieder blickte ich in den Spiegel, und plötzlich

musste ich mich zusammenreißen, um nicht laut loszulachen. Völlig unnötig, mir solche Gedanken zu machen. Ich hatte den Mann ja nicht getötet. Soweit ich das beurteilen konnte, war das vielleicht sogar ein Selbstmord gewesen. Doch plötzlich stutzte ich. Natürlich ging die Polizei von einem Mord aus. Wenn die Tatwaffe nicht aufzufinden war, konnte ein Suizid ausgeschlossen werden. Und der Besitzer der Waffe war wohl, zumindest aus ihrer Sicht, der Mörder. Der Gedanke beunruhigte mich zwar, aber es bestand kein Grund zur Panik. Schließlich war das alles absehbar gewesen. Ich hatte ja darauf geachtet, am Tatort möglichst keine Spuren zu hinterlassen, und Zeugen gab es mit großer Wahrscheinlichkeit auch nicht. Niemand konnte wissen, dass ich den Revolver hatte. Du bist in Sicherheit, sagte ich mir. Solange du keinen Fehler machst, wird der Revolver dein sein.

Warum nur war ich nicht von alleine auf die Idee gekommen, die Sache in den Nachrichten zu verfolgen? Es wäre doch naheliegend gewesen, wissen zu wollen, wann die Leiche entdeckt würde und wie die Ermittlungen verlaufen. Dass ich an nichts dergleichen gedacht hatte, konnte ich mir nur mit meiner Euphorie erklären. Sicher war die Leiche erst so spät gefunden worden, weil es tagelang geregnet hatte. Schon bei normalem Wetter war es unwahrscheinlich, dass sich jemand ins zwielichtige Halbdunkel jener Brücke verirrte, geschweige denn bei Regen. Bei aller Unaufmerksamkeit hatte ich das Gefühl, gerettet zu sein. Ein Gefühl der Dankbarkeit erfüllte mich. Zu meinem Glück wusste die Polizei auch nicht mehr als ich, und wenn ich von nun an vorsichtig wäre, würde ich nichts zu befürchten haben. So oder so konnte ich mir beim besten Willen nicht vorstellen, wie mich irgendjemand mit dem Toten in Verbindung bringen könnte. Bald würde der Vorfall sowieso vergessen sein, dachte ich fast frohlockend und fühlte, wie die innerliche Anspannung nachließ und mein Körper sich entkrampfte. Vielleicht würde ich diese Anspannung, diese Achterbahn der Gefühle zwischen lauernder Gefahr und erlösender Erleichterung als eine Art Vergnügen empfinden und in vollen Zügen auskosten können.

Bevor ich ging, hatte ich mit dem Mädchen noch einmal Sex. Sie schien nicht ganz bei der Sache zu sein, aber ich war in Stimmung und wollte nicht nur herumhängen. Nachdem ich gekommen war, strich ich ihr lange übers Haar und verabschiedete mich dann mit den Worten: »Ich komme wieder.«

4

Ich ging in ein nahegelegenes Kaufhaus und kaufte zwei weiße Taschentücher. Endlich hatte ich etwas, um den Revolver darauf zu betten. Sie waren aus Kunstseide und fühlten sich glatt und geschmeidig an – genau so, wie ich es mir vorgestellt hatte. Das tiefdunkle Silber und das satte, warme Braun des Griffs würden auf der schimmernd weißen Unterlage wunderbar zur Geltung kommen, dachte ich. Dazu kaufte ich ein Taschentuch aus dem gleichen Stoff, aber in Schwarz. Um den Revolver zu polieren. Mein Revolver glänzte so sehr, dass es eigentlich gar nicht nötig war, aber durch den Akt des Polierens, davon war ich überzeugt, würde unsere Beziehung immer tiefer und enger werden.

Da ich so schnell wie möglich nach Hause wollte, beschleunigte ich meinen Schritt. Egal, wie lange ich lief – ich verspürte keine Müdigkeit. Ich überquerte Bahngeleise, nahm die Abkürzung durch einen Park und begann sogar zu rennen. Plötzlich klingelte das Handy. Ich erschrak. Klingelte es nicht viel lauter als sonst? Hastig nahm ich ab. Es war meine Mutter. Sie fragte, ob es Neuigkeiten gebe. Als ich zurückfragte, warum sie mich anrufe, sagte sie, ich sei ihr letzte Nacht im Traum erschienen.

»Dich so plötzlich in meinem Traum zu sehen … Auf einmal habe ich mir Sorgen gemacht, dass etwas passiert sein könnte.«

»Du machst mich ganz nervös mit diesem Gerede.«

»Na ja, es hat mir einfach keine Ruhe gelassen. Hast du dich vielleicht erkältet? Bist du wohlauf?«

»Hör mal, es geht mir gut. Okay? Entschuldige, ich hab gerade keine Zeit, muss aufhängen. Also dann …«

Ich unterbrach die Verbindung, obwohl es offensichtlich war, dass meine Mutter noch etwas sagen wollte. Normalerweise rief sie mich zu Hause an. Warum nur wählte sie diesmal meine Handynummer?, fragte ich mich, doch bald schweiften meine Gedanken wieder ab, zum Revolver. Für heute hatte ich mir zwei Dinge vorgenommen. Eins war bereits erledigt, nämlich der Kauf der weißen Taschentücher. Das nächste war, mir die Trommel genauer anzuschauen. Ich wollte wissen, ob noch Patronen in den Lagern steckten. Diese Frage war für mich von immenser Bedeutung, und gerade weil es so wichtig war, hatte ich bisher nicht gewagt nachzuschauen. Ich bin ein Meister darin, Ernüchterung und Enttäuschung zu vermeiden, lieber schwelge ich in wilden, blühenden Phantasien. Aber natürlich konnte ich nicht ewig warten. Falls keine Patronen drin waren, würde der Revolver einen Teil seines Reizes für mich verlieren. Patronen mussten sein – selbst wenn ich sie nicht abfeuern wollte. Fehlten sie, würde ich mir welche besorgen müssen, was mit erheblichen Gefahren und Schwierigkeiten verbunden war. Darauf war ich nicht gerade scharf.

Doch der Umstand, dass der Mann sich höchstwahrscheinlich selbst umgebracht hatte, beunruhigte mich. Mit wie vielen Patronen lädt ein Selbstmörder seine Schusswaffe? Eine Patrone rein und – abdrücken. So macht man's doch normalerweise? Die Befürchtung quälte mich je länger, je mehr, bis ich es nicht mehr aushielt. Ich musste endlich wissen, woran ich war.

Kaum zu Hause, öffnete ich die Tasche. Der Revolver war unverändert schön. Atemberaubend schön. Das Mädchen, mit dem ich geschlafen hatte, konnte da nicht mithalten. Der Revolver bedeutete mir alles, und so würde es auch in Zukunft bleiben. Sehnlichst darauf hoffend, dass im Revolver noch Patronen steckten, versank ich in seinem verführerischen Silberglanz.

Endlich gab ich mir einen Ruck. Nach links oder rechts ausgeschwenkt, dachte ich, müsste man die Patronen in ihren Lagern sehen können. Ich nahm den Revolver in die Hand, passte dabei höllisch auf, den Abzug oder den Hahn ja nicht zu berühren. Vor Anspannung zitterten meine Finger, ich fühlte, wie mir kalter Schweiß ausbrach. Als ich den Daumenballen rechts an die Trommel drückte, gab sie plötzlich nach und schwang mit einem leisen Klick zur Seite, genau so weit, dass alle sechs gleichmäßig im Kreis angeordneten Lager zu sehen waren. Vier goldfarbene Patronen steckten darin. Einen Moment lang war ich völlig perplex, überwältigt von einer Mischung aus Erleichterung und Glückseligkeit. So muss es sein. Der Revolver wird mich niemals enttäuschen, wird mir ein erfülltes Leben schenken. Mit einem Lächeln im Gesicht starrte ich auf die Patronen und stellte mir vor, wie die Projektile darin aus dem Revolver schossen, sich mit gnadenloser Wucht ihren Weg bahnten. Ich konnte mir nichts anderes denken, das in seiner Schönheit oder Faszination vergleichbar gewesen wäre. Unwillkürlich stellte ich mir vor, wie ich den Revolver fest und gerade in der Hand hielt, mit dem rechten Daumen den Hahn spannte, das linke Auge schloss, um die ganze Konzentration aufs rechte, das Ziel ins Visier nehmende Auge zu lenken. Aber worauf sollte ich denn zielen? Darüber hatte ich noch gar nicht nachgedacht. Warum nicht auf einen Menschen? Auf irgendeine Person, die mit mir nichts zu tun hatte oder die es verdiente, erschossen zu werden … Eine Frau kam mir in den Sinn. Ein Mann ginge auch, doch mir fiel zuerst eine wildfremde Frau ein, schlank und mit langem Haar. Um den Rückschlag aufzufangen, versteifte ich meine rechte Hand, die den Revolver hielt, und umklammerte mit der linken das rechte Handgelenk; legte dann den Zeigefinger an den Abzug und zog ihn langsam, behutsam nach hinten. Die Wucht des Schusses fuhr durch meinen ganzen Körper, die Hand kribbelte und zitterte wie elektrisiert. Natürlich konnte ich die abgefeuerte Kugel nicht sehen, aber beim Abschuss flogen Funken, und eine kleine Rauchfahne stieg auf. Die von der Kugel getroffene Frau fiel taumelnd zu Boden, aus der Wunde sprudelte Blut. Vielleicht sagt sie noch etwas, während sie am Boden liegt, dachte ich, und hörte dann auf, mir die Szene weiter auszumalen. Ich habe keine besondere Vorliebe für Grausamkeiten. Es macht mir nichts aus, Filme zu gucken, in dem ein Monster die Eingeweide eines Menschen frisst, doch erregt oder berauscht hat es mich nie. Auch liegt es mir fern, mich am Anblick einer sich vor Schmerz windenden Frau zu ergötzen. Was mich fesselt und fasziniert, ist vielmehr der Reiz des Außergewöhnlichen, den man bei solchen Szenen empfindet. Nicht das blutige Gemetzel selbst, sondern das Gefühl, das beim Zuschauen entsteht.

Auf dem Bett liegend, dachte ich darüber nach, wer wohl als Erster etwas wie eine Waffe ersonnen hatte und sie auch zu bauen versuchte. Sicher hatte am Anfang die Kanone gestanden, aus der sich später das Gewehr mit langem Lauf entwickelte, etwa eine Muskete, und schließlich die kurzläufigen Pistolen oder Revolver. Naturgemäß ist das Ziel stets, Leben zu nehmen. Auch Messer und Schwerter haben diesen Zweck, doch der entscheidende Unterschied liegt im Risiko. Um jemanden mit dem Messer zu töten, muss man der Person nahe kommen – was zugleich bedeutet, dass man mit einem Gegenangriff rechnen muss und selber getötet werden kann. Eine Schusswaffe löst das Problem, wenn auch nur bedingt, denn wenn der Feind ebenfalls eine Schusswaffe besitzt, ist der Vorteil dahin. Man kann aber aus einem Versteck auf den Feind schießen, und der Getroffene stirbt, ohne zu wissen, wer ihm das Leben geraubt hat. Eine Waffe gibt dem Mörder also ein gewisses Maß an Sicherheit im Vergleich zu Messer und Schwert. Hinzu kommt, dass das Töten aus Entfernung sich gar nicht wie Töten anfühlt, weil es mit keinerlei rohen, archaischen Handlungen wie Fleisch durchbohren oder Knochen zertrümmern verbunden ist. Natürlich merkt man auch als Schütze einer tödlichen Kugel, was man tut, aber es sind lediglich der Knall und der Rückstoß; es gibt keinen direkten Kontakt mit dem Opfer. Und während Kanonen oder Pfeil und Bogen umständlich in der Handhabung waren und man sich mit Sprengkörpern einer nicht unerheblichen Gefahr aussetzte, können Handfeuerwaffen einfach bedient werden. Eine Pistole ist kleiner und praktischer als ein Gewehr, man braucht nur den Zeigefinger zu krümmen. Wie leicht es doch ist, jemanden zu töten!, dachte ich, und mir schien, als würde sich im Silberglanz meines Revolvers das Begehren des Schöpfers widerspiegeln. Dass Leichtigkeit und Tod zu einem Paar werden konnten, fand ich ein wenig unheimlich. Wie gebannt betrachtete ich den Revolver, in dem sich diese so gegensätzlichen Konzepte vereinen. Ein Gegenstand, der das Töten als etwas Naheliegendes, ja Natürliches erscheinen lässt und der es dem Täter ermöglicht, zugleich Zeuge seines Tuns zu sein. Und der so schön ist, dass es mir den Atem raubte … Sicher war er so gemacht, damit man ihn besitzen wollte. Oder vielleicht hatte die Nähe zum Tod wie von selbst diese Form hervorgebracht? Pfeil und Bogen oder ein Messer sind jedoch auf dieselbe Weise schön. Sehen die Menschen Schönheit in Dingen, die zum Tod führen? War es ein tief verwurzeltes Verlangen? Ich überlegte und überlegte, fand aber keine Antwort. Auf solcherlei Fragen kann es wohl auch keine Antwort geben.

Ich zündete mir eine Zigarette an, bedeckte den Boden der Tasche mit den zwei weißen Stofftüchern und legte den Revolver obendrauf, zusammen mit dem schwarzen Tuch. Es sah prächtig aus. Jetzt, wo ich wusste, dass Patronen in der Trommel waren, schien der Revolver noch viel größere Anziehungskraft zu besitzen. Mit stockendem Atem starrte ich auf das samtig schimmernde Silber und das warme, einladende Braun. Ein Schauer durchfuhr mich, verbunden mit dem Gefühl tiefer Ehrfurcht. Angesichts dieses Schatzes kam ich mir wie eine blasse, armselige Existenz vor, und ich fragte mich, ob ich überhaupt ein würdiger Besitzer war. Mit der Fülle an Möglichkeiten, die seine eigentliche Bestimmung weit überstieg – würde mich der Revolver als sein Besitzer anerkennen? In Gedanken versunken, zog ich ununterbrochen an meiner Zigarette. Als sie aufgeraucht war, schloss ich die Tasche.

Ich holte eine Flasche Mineralwasser aus dem Kühlschrank und trank langsam ein Glas. Da ich Hunger hatte, ging ich ins nächstbeste Café und bestellte ein Thunfisch-Sandwich mit Salat sowie einen Kaffee. Die Bedienung war pummelig und ihr Make-up dick aufgetragen. Angewidert schlürfte ich die scheußlich schmeckende Brühe. Ein Mann – wahrscheinlich der Besitzer des Cafés – schaute geistesabwesend in den kleinen Fernseher auf der Theke. Weder er noch die Bedienung schienen besonders motiviert. Das Fernsehen zeigte Bilder von Straßen in New York. Ich nahm an, dass in Amerika gewöhnliche Bürger eine Waffe besaßen, eine, wie ich sie besaß. Für sie waren Waffen etwas Alltägliches, ja Selbstverständliches. Merkwürdig aber war, dass ich die Leute überhaupt nicht um ihre Waffen beneidete. Ich hatte kaum je das Verlangen verspürt, etwas zu besitzen, was sonst niemand besaß. Ich hatte den Revolver nur zufällig gefunden. Und so wie manche Leute zufällig Erfüllung im Musizieren oder in der Malerei finden, sich von Karriere, Frauen, Drogen oder Religion verführen lassen, so hatte ich etwas entdeckt, was mich in seinen Bann zog – ein Revolver. Ja, warum nicht?, dachte ich. Ich war deswegen noch lange kein komischer Kauz. Wohltuende Ruhe breitete sich in mir aus. Ich zündete eine Zigarette an und lehnte mich im Stuhl zurück.

5

Ich ging zur Universität. In letzter Zeit besuchte ich die Vorlesungen häufiger. Seit ich den Revolver an mich genommen hatte, war ich aktiver geworden und machte Dinge, die mir früher lästig gewesen waren. Ich gab Seminararbeiten sogar vor dem Termin ab oder lieh Kommilitonen meine Notizen.

In der Cafeteria trank ich einen Kaffee und rauchte dazu eine Zigarette. Keisuke trank auch Kaffee. Er redete über Frauen.

»Das Mädchen neulich, die hatte es drauf.« Er verzog sein Gesicht zu einem breiten Grinsen. »Wär man gar nicht draufgekommen, wenn man sie so angeschaut hat, aber wie die stöhnen und schreien konnte ... Ich wette, die Nachbarn haben alles mitgekriegt.«

Keisuke kam in Fahrt, und da ihm der Stoff nicht so bald auszugehen schien, begnügte ich mich damit, weiterzurauchen und ihm schmunzelnd zuzuhören.

»Und du?«, unterbrach er irgendwann seinen Redeschwall. »Du bist doch auch auf deine Kosten gekommen, oder? Erzähl doch mal.«

»Hm ja, bin ich. Und ich nehm mal an, es war nicht das letzte Mal.«

»Echt? Du meinst, sie könnte deine Freundin werden?«

»Nee, nur Sex. Sie hat ja einen Freund, zum Glück.«

Keisuke lachte. »Nishikawa, du bist ein widerlicher Kerl.«

Ich verstand nicht so recht, was er meinte, lachte aber trotzdem mit. Vielleicht, weil er rauchte und zugleich lachte, musste Keisuke plötzlich husten, als hätte er sich verschluckt. Ich wäre gern allein gewesen.

»Aber ist das nicht riskant? Ich meine, wenn ihr Freund was merkt, das könnte unangenehm werden. Gar nicht lustig. Vielleicht verlässt sie ihn sogar für dich. Dann hast du sie am Hals.«

»Ach, das sehen wir, wenn's so weit ist. Bis dahin treffe ich sie, wenn ich Lust habe. That's it.«

Keisuke lachte und begann zu erzählen, wie er in der Stadt Mädchen aufgerissen hatte. Seine Geschichten interessierten mich nicht, aber ich nickte eifrig und spielte den Bewunderer, bis er zum Arbeiten losmusste.

Endlich war ich allein. Ich holte nochmals einen Kaffee. Die Studentinnen und Studenten um mich herum schwatzen laut durcheinander, und ich überlegte mir, ob ich nicht an einen ruhigeren Ort gehen sollte. Ein Typ am Tisch neben mir schrieb wie in Trance etwas auf. Der Lärm schien ihm nichts auszumachen. Es juckte mich, ihn anzuquatschen, doch ich ließ es sein. Ein paar bekannte Gesichter tauchten auf, und man rief mir etwas zu. Ich grüßte zurück. Bis zu meiner nächsten Vorlesung dauerte es noch. Ich wusste nicht so recht, was ich mit der Zeit anfangen sollte, und in dem Moment kam mir der Gedanke, dass es vielleicht gut gewesen wäre, den Revolver mitzunehmen.

Da tippte mich jemand an. Als ich mich umdrehte, stand da eine Studentin, die ich nicht kannte. Ich blickte sie verwundert an. Sie fragte mich, was ich mache, und ich antwortete, die Zeit totschlagen. Irgendwie kam sie mir doch bekannt vor, aber das merkte ich erst, als wir schon eine Weile geplaudert hatten. Es war dieselbe Frau, die neulich in der Vorlesung eine Reihe hinter mir gesessen und gesagt hatte: »Lange nicht gesehen!« An mehr konnte ich mich nicht erinnern. Da sie Anstalten machte, sich zu mir zu setzen, blieb mir nichts anderes übrig, als den alten Bekannten zu mimen.

»Die Uni ist so was von langweilig, findest du

nicht? In letzter Zeit hab ich mir wieder überlegt, ob ich aufhören soll. Andererseits, es sind ja nur noch zwei Jahre.«

»Wozu aufhören? So schlimm ist es doch gar nicht, oder? Aber was weiß ich …«

»Hm, schwierig. Wie soll ich sagen … Wenn es wenigstens etwas gäbe, was mich interessieren würde.«

Sie hatte ein ebenmäßiges Gesicht mit großen Augen. Zum kurzen schwarzen Rock trug sie einen weißen Pullover, der den üppigen Busen betonte. Während ich sie musterte, versuchte ich, mir in Erinnerung zu rufen, woher wir uns kannten, aber ohne Erfolg. Im Licht der Neonlampen schimmerte ihr gefärbtes Haar in einem warmen Braun. Sie redete über dies und das und schaute mich dabei eindringlich an, wobei ihre Augen zu flackern schienen. Offensichtlich war sie unzufrieden und frustriert, aber weswegen genau, wurde mir nicht klar. An meiner Zigarette nuckelnd, spürte ich, dass sie mich erregte.

In solchen Momenten stellte ich mir oft vor, mit meinem Gegenüber Sex zu haben, und manchmal geschah es tatsächlich – wobei es weniger Absicht war, die zum Ziel führte, als vielmehr meine Art, die Frauen zu mögen schienen. Normalerweise hätte ich ohne Umschweife versucht, sie in eine Bar oder

Kneipe zu locken, doch jetzt zögerte ich. Erst neulich hatte ich mit dem anderen Mädchen geschlafen, und die Vorstellung, dass ich schon wieder in eine derart unangenehme Situation geraten könnte, schreckte mich ab. Es hat vielleicht auch mit dem Revolver zu tun, dachte ich, war mir aber nicht sicher. Während wir plauderten, überlegte ich hin und her. Irgendwann kam ich zum Schluss, dass es sich doch lohnen würde, sie zu einem Drink einzuladen. So lief es immer, wenn ich meiner Zweifel überdrüssig wurde: Ich entschied mich für die Variante, die vielleicht eine Überraschung versprach.

»Übrigens, du erinnerst dich nicht mehr, oder?«

»An was –«

»Na ja, ich meine … In Wahrheit erinnerst du dich nicht mehr an mich, stimmt's? Schon die ganze Zeit machst du so ein Gesicht, dass es jeder Idiot merken muss«, sagte sie und sah mich prüfend an.

Ertappt starrte ich sie an. Um ihre Mundwinkel formte sich ein Lächeln. Es blieb mir keine andere Wahl, ich musste es zugeben. Hatte ich vielleicht mit diesem Mädchen geschlafen? Nein, das war eher unwahrscheinlich. Erstens hatte ich nicht so oft Sex, dass ich mich nicht mehr an die Gesichter erinnern konnte, und zweitens war ich nie derart betrunken gewesen, dass ich nicht mehr wusste, was ich tat. Als ich sie um Verzeihung bat, lachte sie herzhaft.

»Wär doch keine große Sache gewesen, es mir von Anfang an zu sagen, oder? Das kann passieren, ist ja auch schon länger her. Es war auf dieser Party, ganz zu Beginn des Studiums, so eine Willkommensveranstaltung für uns Erstis. Wir sind dort zusammen abgehauen und waren dann was essen. Ich bin Yūko, Yūko Yoshikawa. Fällt der Groschen jetzt?« Sie lächelte.

Langsam erinnerte ich mich wieder, wenn auch nur vage. Tatsächlich hatte ich damals mit einer Studentin die Party verlassen, und wir landeten in einem billigen Kettenrestaurant. Doch ich hatte noch etwas zu erledigen, und das war's dann. Eine Episode, die ich sofort wieder vergaß. Aber hatte sie damals nicht schwarze kurzgeschnittene Haare gehabt? Jedenfalls wäre ich nie auf die Idee gekommen, dass die Frau vor mir jene Studentin von damals war. Ihre Erscheinung und Ausstrahlung schienen sich völlig verändert zu haben.

»Seither ist viel passiert. Ich hab mir eine Auszeit genommen und bin für eine Weile nach Amerika gegangen. So was wie Homestay. Aber jetzt bin ich wieder da. Und bereue es schon, echt. Drüben hab ich mich auch gelangweilt, aber hier ist es noch schlimmer. Na ja, es ist wohl überall dasselbe.« Sie lächelte wieder.

Irgendwie hatte ich das Gefühl, dass es besser

war, mich nicht mit ihr zu verabreden. Vielleicht, weil ich mich als Lügner entlarvt fühlte. So oder so fand ich es anstrengend, in so kurzer Zeit noch einmal das gleiche Spiel zu spielen. Sie bestellte an der Theke einen Kaffee – offenbar in der Absicht, noch weiter mit mir zu plaudern. Ihre großen Augen faszinierten mich. Unverwandt schaute ich sie an und nippte, eine Zigarette rauchend, an meinem kalt gewordenen Kaffee.

»Du hast dich ganz schön verändert. War dein Haar damals nicht kurz und schwarz? Ehrlich, jetzt erinnere ich mich wieder. Du warst also in Amerika ... wow, cool! Mein Englisch ist leider grottenschlecht.«

»Englisch? Ach, das ist keine Hexerei. Ich meine, Alltagskonversation und so. Aber weißt du, ich hab damit nicht angefangen, weil ich Englisch mochte. Das waren meine Eltern. Die haben mich in Sprachkurse geschickt, schon als Kind.«

»War doch ganz nützlich, oder nicht?«

»Vielleicht schon. Aber eines Tages wird ein Computer oder was auch immer alles automatisch übersetzen, und kein Mensch braucht mehr Fremdsprachen. Ja, das glaube ich. Aber lassen wir das, ich möchte lieber von dir hören. Was hast du so gemacht? Läuft alles gut, oder hast du was wiederholen müssen?«

»Nee, bisher nix wiederholt. Ich mach einfach, was verlangt wird. Nicht mehr, nicht weniger.«

»Hm, klingt jetzt auch nicht so spannend.«

Dann sagte sie, es wäre schön, wenn man mehr Spaß hätte. Ich war mir nicht sicher, was sie damit meinte, und fragte nach. Sie wisse es selber auch nicht recht und ich solle mir etwas überlegen, war die Antwort. Das erste Mal, als wir uns trafen, sei es jedenfalls lustig gewesen, fügte sie hinzu. Wie sie wohl reagieren würde, wenn ich jetzt vorschlug, miteinander zu schlafen? Auch das tat ich öfter, Situationen in eine unerwartete Richtung lenken. Natürlich wurde meistens nichts daraus, aber es ging mir ja auch nur um den gewissen Kick. Nach kurzem Zögern entschied ich mich, die Sache mit dem Sex auf sich beruhen zu lassen, zumindest für den Moment. Sie fuhr fort, vage Bemerkungen und Andeutungen zu machen, schien mich in ihren Frust hineinziehen zu wollen. Mir fiel allerdings auch nichts Spannendes ein. Gelangweilte Menschen, wenn sie sich finden, erzeugen nur noch mehr Langeweile, dachte ich plötzlich, und der Gedanke gefiel mir so gut, dass ich ihn aufschreiben wollte. Dann erinnerte ich mich an den Revolver, aber es gab keinen Grund, ihr mein Geheimnis zu verraten. So hingen Yūko und ich noch eine ganze Weile herum, erzählten einander Belanglosigkeiten.

Irgendwann fragte sie nach meiner Handynummer, und auf meine Bitte hin gab sie mir ihre. Es war wie der Anfang eines Spiels. Ich würde mir viel Zeit nehmen und mich dieser Yūko Yoshikawa langsam, langsam annähern, bis wir enge Freunde sein würden. Mir gefiel diese Vorstellung. Nicht sofort Sex haben wollen, sondern sich zurückhalten und Schrittchen für Schrittchen auf das Ziel zugehen. Das war vielleicht bescheuert, aber ich fand die Idee reizvoll. Und falls eines Tages ein Rivale auftauchen sollte, würde ich sogar versuchen, den Eifersüchtigen zu spielen. Ha! Ich spürte, wie meine Stimmung sich wieder hob, und freute mich darüber. Auch jetzt war mir klar, was der Grund meiner wiedergewonnenen guten Laune war – der Revolver.

Draußen begann es zu dämmern, ein blauer, nebelartiger Schleier legte sich über den Campus. Die Straßenbeleuchtung ging an. Ein orangefarbenes Glimmen, in dem sich Scharen von schwatzenden jungen Leuten wie Schatten bewegten und sich kreuzten auf dem Weg irgendwohin. Das Orange leuchtete immer stärker, stach durch das fahle Blau. Vielleicht hatte ich mich vom Farbenspiel zu lange gefangen nehmen lassen, denn als ich mich wieder abwandte, blieb ein Nachbild zurück. Die von Gelb zu Grün changierenden Farben folgten mir, wohin ich auch blickte. Als ich versuchte, die Farben zu fokussieren, färbten sich die Ränder blau und orange. Alles verschwamm vor mir, verwandelte sich in einen Traum, in dem ich mehr und mehr versank. Plötzlich schrak ich auf und merkte, dass ich am Tisch eingeschlafen war.

Yūko redete über irgendetwas und rauchte eine meiner Zigaretten. Ich nickte einfach zu dem, was sie sagte, und trank meinen Kaffee.

6

Zu Hause polierte ich meinen Revolver.

Wie vorgesehen, benutzte ich dazu das schwarze, geschmeidige Taschentuch aus Kunstseide, das ich neulich gekauft hatte. Mit der linken Hand hielt ich den Revolver, mit der rechten polierte ich und wanderte dabei durch meine Wohnung, hörte Musik oder sah fern, die Ellenbogen auf den Tisch gestützt oder später entspannt im Bett.

Merkwürdig, wie schnell die Zeit verging. Das unaufhörliche Drehen und Wenden beim Polieren machte mich glücklich und fühlte sich an wie eine Art Gespräch zwischen Freunden. Aber natürlich sprachen wir weder mit lauter Stimme, noch unterhielten wir uns in Gedanken. Der Revolver war ein Gegenstand. Wenn ich mit ihm reden würde, bliebe es ein Selbstgespräch, und wenn ich denken würde, dass er mir etwas sagt, wäre ich wohl verrückt. Ich polierte einfach nur still vor mich hin und spürte dabei, wie nah ich der Waffe war. So verging die Zeit, es wurde Abend und schließlich Nacht. Immer wieder spürte ich etwas wie leise Trauer – ein Gefühl, das ich lange nicht mehr gekannt hatte. Ich fragte mich, woran das liegen könnte, fand aber keine befriedigende Antwort.

In den letzten Tagen hatte ich oft die Polizei in der Gegend gesehen. Vielleicht war mir das nur aufgefallen, weil ich darauf achtete; aber nein, mein Eindruck täuschte mich nicht. Vor einem 24-Stunden-Shop bekam ich mit, wie sich ein paar Frauen über die häufigen Patrouillen unterhielten, und auch Studenten hörte ich über den Arakawa-Mord diskutieren. In der Nähe eines Parks, etwa einen Kilometer von meiner Wohnung entfernt, sah ich einmal sogar Polizisten mit einem Spürhund und erschrak. Ich wusste, dass Hunde Drogen erschnüffeln können, aber war das auch mit Schusswaffen möglich?, fragte ich mich beunruhigt. Ich konnte es mir nicht vorstellen, auch wenn ich natürlich keine Ahnung hatte. Der Revolver war im Wesentlichen aus Metall; dass er irgendeinen anderen Geruch abgeben könnte, schien mir unwahrscheinlich. Als ich den Hund sah, beobachtete ich ihn eine Weile, doch er zeigte keinerlei Interesse an mir, sondern beschnupperte unablässig den Boden.

Ich legte den Revolver und das schwarze Tuch zurück in die Tasche und verließ das Haus, um mir etwas Essbares zu kaufen. Es war kühl draußen, und ich fröstelte in meinem T-Shirt. Ich zündete mir eine Zigarette an, bevor ich gemächlich losging. Am Himmel hing eine dichte Wolkendecke, die Mond und Sterne verschluckte.

Mein Abendessen hätte ich im nahegelegenen 24-Stunden-Shop kaufen können, aber es trieb mich weiter. An einem Getränkeautomaten zog ich mir eine Dose Kaffee und trank sie langsam im Gehen. Ich folgte den engen, verwinkelten Straßen eines Wohnviertels, ging quer über einen Abstellplatz für Fahrräder, wechselte an einer Kreuzung auf die andere Seite der Bahnlinie. Leute huschten an mir vorbei, und beinahe wäre ich mit einem Radfahrer zusammengeprallt, der wie ein Wahnsinniger um eine Kurve bog. Der Fahrer war ein junger Typ. Am liebsten hätte ich seinem Vorderrad einen Tritt verpasst. Ich lief immer weiter, und als meine Beine schwer wurden, setzte ich mich auf einen Mauervorsprung. Ich hatte keine Ahnung, warum ich so weit gelaufen war und jetzt müde hier herumsaß.

Ein uniformierter Fahrrad-Polizist, offenbar auf Streife, beobachtete wachsam die Umgebung. Als er mich bemerkte, blieb sein Blick an mir hängen. Langsam fuhr er auf mich zu. Ich schrak zusammen, beruhigte mich aber sogleich wieder. Spätabends – es war schon nach zehn – lungerte ich in einer menschenleeren Seitenstraße herum. Kein Wunder, dass ein Polizist auf die Idee kam, jemanden wie mich anzusprechen. Du hast nichts zu befürchten, redete ich mir zu und ging innerlich in Stellung, während ich mich äußerlich gelassen gab. Dennoch schaute ich angemessen fragend, als wäre es ungewöhnlich, in dieser Gegend und um diese Uhrzeit einem Polizisten zu begegnen.

»Alles in Ordnung?«, sprach er mich an. Jetzt rückt der mir tatsächlich auf die Pelle, dachte ich etwas genervt. Er war jung, höchstens ein paar Jahre älter als ich. Ich hatte mir ein rechtschaffenes, furchtloses Gesicht vorgestellt, stattdessen trug er eine Brille, die seine Augen hinter den Gläsern kugelrund erscheinen ließ, und seine Wangen waren pausbäckig. Ich zog an meiner Zigarette, blies den Rauch in die Luft und entschied mich, den Angetrunkenen zu geben.

»Ich hab nur ein wenig über den Durst getrunken und mach hier ’ne Pause. Bin gleich weg.«

»Ach so … Aber diese Gegend hier ist unsicher. Schauen Sie, dass Sie schnell nach Hause kommen.«

»Unsicher? Ist denn was passiert?«

»In letzter Zeit häufen sich Überfälle. Die Täter haben es vor allem auf die Taschen junger Frauen abgesehen, aber –«

»Überfälle? Ah ja, jetzt, wo Sie das sagen … Ich habe die Warnungen gesehen.«

»Ja, richtig. Aber eben, auch Männer sollten vorsichtig sein. Es kann einen jederzeit treffen. Also beeilen Sie sich.«

»Hm, alles klar. Ich danke Ihnen.«

»Keine Ursache. Gute Nacht.«

Er deutete eine Verbeugung an und fuhr los, um weiter seine Runden zu drehen. Wie es schien, hatte er keinen Verdacht geschöpft. Auf einmal war ich wieder hellwach, fast ein wenig aufgekratzt. Vielleicht lag es am Gespräch mit dem Polizisten, an der Erleichterung darüber, dass die Begegnung ein glimpfliches Ende gefunden hatte, sicher aber am Nervenkitzel, den ich beim Gedanken an meinen Revolver zu Hause empfand. In einem Anflug von Übermut rief ich dem Davonradelnden etwas hinterher. Er bremste, drehte sich nach mir um und sagte: »Was ist?«

Ich fühlte mich großartig. Aus irgendeinem Grund hatte ich das Bedürfnis, mich bei dem Typen einzuschmeicheln. Ich war mir meines Übermuts bewusst, hielt es aber nicht für nötig, mich zurückzuhalten.

»Äh, sind in der Gegend vielleicht Drogen gefunden worden?«

»Was?«

»Ich meine, bei einer Razzia oder so.«

Als der Polizist meine Frage begriff, stieg er von

seinem Rad und kam erneut auf mich zu. Ich bemerkte, dass sein Gesichtsausdruck und seine Körpersprache sich schlagartig änderten. Ich wurde ein wenig nervös, war aber gespannt auf das, was jetzt geschehen würde.

»Entschuldigen Sie … Wie kommen Sie auf die Idee, mich das zu fragen?«

»Na ja, neulich bin ich Polizisten begegnet, die mit einem Hund unterwegs waren. Ein Spürhund für Drogen, oder? Hab ich mir jedenfalls gedacht.«

»Stimmt, aber dazu kann ich Ihnen keine weiteren Informationen geben. Nur so viel, dass die Tokioter Polizei vor ein paar Tagen Mitglieder einer Drogen-Gang festgenommen hat. Aber … entschuldigen Sie nochmals … Warum interessiert Sie das?« Er schaute mich forschend an.

Ich fragte mich, wie der Polizist reagieren würde, wenn ich jetzt die Nerven verlor. Doch natürlich beherrschte ich mich. Rauchte langsam, lächelte, während meine Anspannung wuchs.

»Ich schreibe meine Abschlussarbeit über abweichendes Verhalten, Devianz nennt man das auch. Ich untersuche, mit welchen Maßnahmen Drogenprobleme oder Suizid verhindert werden können. Aus dem Grund interessiert es mich.«

»Ihre Abschlussarbeit? An der Uni?«

»Ja genau. Der Professor, der mich betreut,

möchte nicht, dass ich nur Bücher lese. Er hat gesagt, ich solle auch Feldforschung betreiben, also mit der Polizei und Erziehungsanstalten Kontakt aufnehmen. Da hab ich mir gedacht, ich frage doch gleich mal Sie. Entschuldigen Sie bitte … Wenn ich etwas zu viel trinke, werde ich gesprächig.«

Meine Worte schienen ihn nicht sonderlich zu beeindrucken, aber wenigstens hatte ich das Gefühl, dass er erleichtert war.

»Ich würde Ihnen ja gerne behilflich sein, aber ich hab zu tun«, sagte er seufzend und fügte hinzu, ich solle jetzt aber so schnell wie möglich nach Hause gehen.

Dankend lief ich in die entgegengesetzte Richtung los. Was, wenn ich den Revolver dabeigehabt hätte? Die Vorstellung erregte mich. Womöglich wäre ich vor lauter Angst in Panik geraten. Oder vielleicht hätte die Angst den Nervenkitzel noch gesteigert? Vielleicht sollte ich den Revolver gelegentlich mal mitnehmen … Wer weiß, was dann möglich wäre.

Beim nächsten 24-Stunden-Shop kaufte ich mir endlich ein Bentō und einen Saft. Meine Beine waren müde, sogar die Fersen schmerzten. Als ich an meiner Wohnung ankam, war ich überrascht, durch das kleine Küchenfenster der Nachbarwohnung Licht brennen zu sehen. Bis vor ein paar Tagen war die Wohnung noch leer gewesen. Zwar hatte ich bemerkt, dass Kartons hineingetragen worden waren, aber ich dachte, die Wohnung werde als Abstellraum benutzt. Offenbar war dem nicht so. Meine Wohnung befand sich zuhinterst im Erdgeschoss. Manchmal hörte ich Geräusche von obendrüber, aber ansonsten war es bisher ruhig gewesen. Mir wurde unbehaglich zumute, doch es gab nichts, was ich hätte dagegen tun können. Ich schloss die Tür auf und trat ein. Von nebenan hörte ich ein Kind schreien, vermischt mit Geräuschen, von denen ich annahm, dass sie aus dem Fernseher kamen. Genervt legte ich eine CD der Stones ein und drehte die Lautstärke auf. Meine Gedanken schweiften ab, und ich überlegte, wann der richtige Moment sein würde, um Yūko Yoshikawa anzurufen.

7

Nach der Vorlesung suchte ich Yūko, obwohl es mir gar nicht so verdammt wichtig war, sie zu treffen. Ich ging zur Cafeteria und checkte die Raucherzonen im Innenhof. Es sollte so aussehen, als würden wir uns zufällig begegnen. Es ging mir gar nicht so sehr darum, sie zu treffen, aber finden wollte ich sie. Da sie Literatur studierte, schlenderte ich auch durch das Gebäude ihrer Fakultät – ohne Erfolg. Als ich drauf und dran war, die Suche aufzugeben, nahm ich mein Handy hervor und rief sie nach kurzem Zögern an. So weit zu gehen, wäre nicht unbedingt nötig gewesen; doch was ich mir vorgenommen hatte – sie zum Mittagessen einzuladen –, wollte ich nach Möglichkeit auch in die Tat umsetzen. Dem Rufzeichen lauschend, wurde mir bewusst, wie entschlossen ich heute war. Und dass mir das ganz gut gefiel.

Ich ließ das Handy sieben Mal klingeln. Vermutlich ist sie gerade mit einem anderen Typen unterwegs, dachte ich. Es war nur ein vages Gefühl. Ich hatte ja keine Ahnung, wie es um ihre Männergeschichten stand. Wenn sie einen Freund hatte, der gern den Coolen raushängte, musste ich ein guter, aufmerksamer Zuhörer sein; wenn es umgekehrt ein anhänglicher, eifersüchtiger Typ war, dann musste ich den Coolen spielen. So oder so – sie mit Anrufen zu bombardieren war keine Option, weshalb ich mein Vorhaben für heute beerdigte. Und wer weiß, dachte ich, vielleicht kommt sie von sich aus auf die Idee, mich anzurufen.

In meiner Uni-Tasche war der Revolver. Verborgen in einem schwarzen Lederbeutel, den ich mit einer Kordel fest zugeschnürt hatte. Der Lederbeutel war »Made in USA« und nicht gerade billig gewesen, aber er war von guter Qualität und so groß, dass der Revolver mühelos darin Platz fand. Am meisten aber gefiel mir das schlichte, schmucklose Design. Seit ich angefangen hatte, den Revolver mit mir herumzutragen, lebte ich mehr als achtsam. Wenn ich meine Tasche irgendwo vergessen oder sie mir geklaut würde, wäre das mein Ende. Jeder Tag war erfüllt von einem prickelnden Gefühl der Anspannung, von einem Feuer, das unablässig aus der Tiefe meines Innern emporzüngelte. Das Wissen, dass ich einen Revolver besaß, durchdrang meinen ganzen Alltag, mein ganzes Leben. Während der Vorlesungen nahm ich oft den Lederbeutel aus der Tasche und legte ihn vor mir auf den Tisch. Das Leder war so dick, dass es kaum möglich war zu erahnen, was es verbarg. Langweilte ich mich, betrachtete ich einfach meinen Beutel und strich verträumt mit den Händen darüber. Natürlich tat ich das nicht, wenn Yūko oder Keisuke oder sonst jemand, den ich kannte, in der Nähe war. Käme einer auf die Idee, den Beutel in die Hand zu nehmen, dann hätte ich ein Problem, das mir noch etwas mehr als nur Nervenkitzel bescheren würde.

In einer Raucherecke der mir wenig vertrauten literarischen Fakultät setzte ich mich auf einen Stuhl. Niemand war zu sehen, wohl weil die Vorlesungen und Seminare gerade begonnen hatten. Es reizte mich, den Revolver aus dem Beutel zu nehmen, aber ich widerstand der Versuchung und gönnte mir stattdessen eine Zigarette. Ich überlegte mir, das Mädchen anzurufen, mit dem ich neulich geschlafen hatte. Die Möglichkeit, dass es kompliziert werden könnte, hielt mich jedoch davon ab.

Stattdessen dachte ich daran, wie es wäre, mit dem Revolver zu schießen. Es war nicht das erste Mal. Die Vorstellung, eine Kugel abzufeuern, war mir längst vertraut geworden. Immer wenn es mich drängte, es tatsächlich zu tun, kämpfte ich den Wunsch nieder. Doch diese Phantasien schienen eine immer realere Färbung anzunehmen. Das beunruhigte mich. Was einst in ungewisser, märchenhaft entrückter Zukunft gelegen hatte, fühlte sich nun an, als wäre es nur noch eine Frage des Wann und Wo. Den Revolver jederzeit benutzen zu können führte wie von selbst dazu, dass die Wahrscheinlichkeit mit jedem Tag wuchs. Wenn ich den Revolver anschaute, ihn berührte, sah ich vor meinem inneren Auge, wie ich ihn abfeuerte – ein Film, so wahrhaftig, als ob er die Grenzen meines Geistes sprengen und sich als tatsächliche Sinneswahrnehmung verwirklichen wollte. Eines Tages würde ich den Revolver benutzen. Daran zweifelte ich keine Sekunde mehr. Im Besitz eines Revolvers zu sein bedeutete, dass jeder Tag von der Möglichkeit seines Gebrauchs aufgeladen war, bis irgendwann der richtige Zeitpunkt gekommen sein würde, um abzudrücken. Diese Gewissheit rückte die ferne Zukunft in greifbare Nähe, als besäße sie ein Eigenleben, das den ersten Schuss herbeizwingen würde. Und wenn nun die Zukunft schon entschieden war, sollte sie doch bitte bald Wirklichkeit werden. Der Wunsch nahm mich gefangen, raubte mir fast den Verstand. Ich *musste* irgendwann abdrücken, wenigstens ein Mal. Wenn ich es nicht tat, würde ich in Endlosschleife darüber nachdenken und am Ende wahnsinnig werden.

Es war keine Wahl mehr zwischen Schießen oder

Nicht-Schießen, sondern etwas schicksalhaft Vorbestimmtes, worauf ich kaum noch Einfluss hatte. Die Veränderung machte mir Angst. Ich versuchte, alles noch einmal ruhig und besonnen zu überdenken, doch mein Kopf begann zu schmerzen, und so gab ich es auf. Zu welcher Einsicht ich auch immer kommen mochte – einen Schuss würde ich so oder so abfeuern.

Mein Handy klingelte – es war Yūko Yoshikawa. Freudig, als hätte mich ein Engel gerettet, nahm ich den Anruf entgegen. Sie sagte, sie habe geschlafen, und ließ sogar ein ausgiebiges Gähnen hören, doch ich glaubte ihr nicht. Sicher war sie mit einem anderen Typen zusammen gewesen. Nach kurzem Überlegen fragte ich, ob wir gemeinsam Mittag essen wollten. Aber wenn sie andere Pläne habe, kein Problem. Jetzt, wo sie wach sei, könne sie gut zur Uni kommen, antwortete sie. Sobald sie da sei, rufe sie wieder an, sagte sie noch und legte auf.

Unschlüssig, wie ich mir bis dahin die Zeit vertreiben sollte, entschied ich mich, in der Bibliothek die Zeitungen durchzublättern. Das Fernsehen war voller Nachrichten über Afghanistan und die USA. Informationen zu dem Toten am Arakawa gab es keine mehr. In den Zeitungen würde sich vielleicht noch etwas finden, dachte ich. Außerdem lagen in der Bibliothek die Zeitungen mehrerer Tage auf, so dass ich alle auf einmal durchsehen konnte. Und hätte ich mir das nicht schon längst zur täglichen Pflicht machen müssen? Meine Unbekümmertheit überraschte mich ein weiteres Mal. Schon im Bad jenes Mädchens musste mir doch klargeworden sein, dass Gefahr drohte, wenn ich mich nicht umsichtig und bedacht verhielt. Regungslos starrte ich in der Raucherecke vor mich hin. Der Gedanke, dass der Revolver vielleicht zu viel Macht auf mich ausübte, mich zu sehr von allem ablenkte, erschreckte mich. Ich hatte ein feines Gespür für die Waffe entwickelt, aber so gut wie keins für das, was in meiner Umgebung geschah. Den sich mir nähernden Polizisten hatte ich zwar bemerkt, mir aber nie Gedanken über Vorsichtsmaßnahmen gemacht oder wie ich mich bei einer Befragung verhalten sollte. Fast in Panik stand ich auf und rannte zur Bibliothek. Selbst wenn die Polizei zu dem Schluss kam, dass der Mann am Arakawa sich umgebracht hatte, würden sie ohne jeden Zweifel die Schusswaffe sicherstellen wollen. Und in dem Zusammenhang wahrscheinlich auch normale Bürger überprüfen.

Ich rief Yūko an und bat sie, unser Treffen um eine Stunde zu verschieben. Mich vor allem auf die kürzeren Artikel konzentrierend, blätterte ich eine Zeitung nach der anderen durch. Doch die Meldungen und Berichte – zum Beispiel über die Frage, ob Amerikas Luftangriffe auf bestimmte Ziele in Afghanistan strategisch sinnvoll waren – hatten mit meiner Angelegenheit nichts zu tun. Auch Kommentare über Japans Rolle in dem Konflikt und die Gefahr, dass das Land mit hineingezogen werden könnte, interessierten mich im Moment nicht. Die Eltern eines Kindes, das von einem Mitschüler misshandelt worden war und an den Folgen starb, verklagten sowohl den Täter als auch die Schule. Bei einem Großfeuer konnte nicht eindeutig geklärt werden, ob es sich um Brandstiftung oder Fahrlässigkeit handelte. Irgendwo fand ein Festival statt. Ein Schwindler hatte Gelder veruntreut und war flüchtig. Eine wissenschaftliche Entdeckung sorgte für Aufsehen. Zwei Lastwagen waren ineinandergefahren. Jemand wurde überfahren. Ein Intellektueller, von dem ich noch nie gehört hatte, äußerte seine Meinung über die USA und die japanische Regierung. Politiker stritten sich erbittert über irgendetwas. Zwei bekannte Entertainer waren verstorben … Vergeblich suchte ich nach Informationen, die für mich von Bedeutung hätten sein können. Jeder Tag überquoll von Nachrichten, aber der Tote am Arakawa schien keiner Erwähnung wert. Ich brauchte mehr Zeit und bereute es, das Treffen mit Yūko nicht zwei Stunden hinausgeschoben zu haben. Hätte ich die Zeitungen doch jeden Tag wenigstens überflogen, dachte ich. Frustriert von der endlosen Flut an Nachrichten, quälte ich mich weiter, Seite um Seite.

Endlich, in einer Zeitung vom 22. des Monats, wurde ich fündig. Der Artikel nahm mehr Platz ein als erwartet und sprang mir sofort ins Auge. Ich war wie elektrisiert. Die Identität des Toten am Fluss war offenbar geklärt. Er hieß Keiichirō Ogiwara, war 51 Jahre alt und Manager eines Bordells gewesen. Da hatte ich es schwarz auf weiß. Mein Herz schlug immer schneller, während ich den Rest des Artikels las. Wenig überraschend war die Polizei zum Schluss gekommen, dass es sich um Mord handeln müsse. Auch schrieb der Verfasser, da der Besitzer des Bordells Verbindungen zur Yakuza habe, könnten finanzielle Streitigkeiten der Auslöser gewesen sein. In einer anderen Zeitung, ebenfalls vom 22., stand im Wesentlichen das Gleiche; mit dem einzigen Unterschied, dass nicht von einem Bordell die Rede war, sondern von einem »Fashion-Health-Massage-salon«, in dem es aber natürlich auch um Sex ging und der zum Firmenimperium eines Yakuza-Clans gehörte. Keine andere Zeitung brachte etwas über den Fall, und die beiden Blätter, in denen ich fündig geworden war, beließen es ebenfalls bei dieser einen Meldung. Erleichtert ging ich zum Raucherbereich und zündete mir eine Zigarette an. Sie schmeckte besser als vorher, und ich musste über mich selber lachen, weil ich schon wieder so nervös geworden war.

Ich dachte über meine Schlussfolgerung nach, der Mann hätte Suizid begangen. Als ich ihn fand, war sein linker Arm schlaff nach oben gestreckt, sein rechter Arm nach unten. Und in der Nähe der – vermutlich geschickteren – rechten Hand lag der Revolver. Wenn der Mann erschossen worden wäre, hätte der Mörder die Waffe einfach so liegenlassen? Wenn es sich um einen Kriminellen der Yakuza handelte, müsste er doch erst recht daran interessiert gewesen sein, mit der Waffe wieder zu verschwinden. Sonst würde sie ihm als Beweismittel nur gefährlich werden. Oder nicht unbedingt? … Ich überlegte hin und her, stellte alle möglichen Mutmaßungen an. Hatte man denn bei dem Mann zu Hause keinen Hinweis gefunden, dass er sich umbringen wollte? Einen Brief oder eine Notiz? Oder war vielleicht etwas in der Innentasche seines Jacketts? Wohl kaum, dachte ich, sonst würde die Polizei nicht von Mord sprechen. Dennoch war ich überzeugt, der Wahrheit am nächsten zu sein. Schließlich wusste ich als Einziger, dass am Tatort eine Schusswaffe gelegen hatte und ein Suizid durchaus möglich war. Mit großer Wahrscheinlichkeit stand die Polizei vor einem Rätsel, und wer weiß, ob sie sich nicht irgendwann entschieden, ihre Ermittlungen nur noch auf Sparflamme weiterzuführen. Doch was auch immer ich spekulierte und phantasierte – ich glaubte selber nicht daran, dass sich alles so einfach in Luft auflösen würde. Ich durfte mir auf keinen Fall erlauben, voreilige Schlüsse zu ziehen. Und ich musste achtgeben. Das war von nun an oberstes Gesetz.

Mein Handy klingelte. Yūko Yoshikawa war dran. Sie sagte gleich mehrmals, dass sie Hunger habe und jetzt in der Mensa sei. Dann legte sie auf. Ich ging zur Mensa und hielt nach ihr Ausschau, sah sie aber nicht. Also setzte ich mich, und kaum hatte ich mir eine Zigarette angezündet, begannen meine Gedanken sich wieder zu drehen.

Plötzlich klopfte mir jemand auf den Hinterkopf. Ich drehte mich um – es war Yūko Yoshikawa. Warum sie mir immer auf den Kopf schlage, fragte ich sie in etwas bissigem Ton, worauf sie antwortete, ich hätte es nicht anders verdient. Dazu machte sie ein mürrisches Gesicht. Ich merkte schon, wie mir die Lust an unserem Treffen verging.

»Also, du hättest schon etwas länger nach mir suchen können. Du gibst zu früh auf. Das ist was, das ich gar nicht mag, das ich wirklich nicht ausstehen kann.«

»Nicht ausstehen … Ich dachte, du wärst zur Toilette gegangen. Darum habe ich mich in die

Nähe des Eingangs gesetzt. Wo wir uns am einfachsten finden. Oder etwa nicht?«

»Hm, ja, kann sein. Aber … ich find's trotzdem blöd«, sagte sie, doch damit war die Sache noch immer nicht erledigt, und sie mäkelte weiter an mir herum. Am Anfang verstand ich gar nicht, worauf sie hinauswollte. Ihrer Meinung nach würde mir etwas Entscheidendes fehlen, ich sei gleichgültig und abweisend. Ich diskutierte eine Weile mit ihr, aber irgendwann hatte ich genug. Offenbar fühlte sie sich von mir nicht ernst genommen, was mich erstaunte. Ich hatte sie zum Mittagessen eingeladen, war zum verabredeten Treffpunkt gekommen, und schon vorher einmal hatte ich mir für sie Zeit genommen und ihr lange zugehört. Als ich das sagte, schaute sie mir gedankenverloren in die Augen.

»Darum geht es nicht. Ich … Na gut, du bist ja nicht mein Freund. Da kann man wohl nicht mehr erwarten. Aber, ich meine … wie soll ich es sagen … vielleicht bist du ja bei allen so, nicht nur bei mir. Genau, das ist es vielleicht. Ich weiß nie wirklich, was in dir vorgeht, was du denkst.«

»Vielleicht weiß ich das selbst nicht so genau.«

»Na ja, jedenfalls hasse ich es, wenn man mich geringschätzig behandelt.« Sie setzte sich endlich hin und zündete eine Zigarette an. »Und wegen dir hab ich damit wieder angefangen.«

Ich war mir nicht sicher, worauf sie anspielte. Vermutlich meinte sie das Rauchen. Ich lachte verlegen. In dem Moment drängte es mich, etwas zu sagen, was sie besänftigen würde. Etwas Nettes, Einfühlsames.

»Bestimmt hast du nicht unrecht. Ich kann durchaus gleichgültig und abweisend sein, wobei … nicht dir gegenüber. Es mag seltsam klingen, aber je nachdem, mit wem ich gerade zusammen bin, bin ich ein anderer Mensch.«

»Ach was. Und das soll ich dir glauben? So redest du dich doch bei allen nur heraus.«

»Wenn du meinst … Aber ist egal.« Damit beendete ich die Diskussion endgültig und wechselte das Thema. Doch ich hatte Mühe, mich zu konzentrieren. Während sie dies und das erzählte, hörte ich gar nicht richtig zu. Mir war plötzlich die fixe Idee gekommen, dass es für die Polizei eben doch eine Möglichkeit gab – auch wenn es die einzige Möglichkeit war –, mich mit dem Mann am Arakawa in Verbindung zu bringen: ein Augenzeuge. Zwar hatte ich in jener Nacht niemanden gesehen, was aber nicht hieß, dass nicht mich jemand gesehen haben könnte. Falls es tatsächlich einen Augenzeugen gab, hatte ich ein Problem. Ein großes Problem. Nur, hätte mich die Polizei dann nicht schon längst ins Visier genommen? Die Gedanken wirbelten durch meinen Kopf, während Yūko redete. Irgendwann aßen wir etwas zu Mittag und blieben auch danach in der Mensa sitzen, bis zum Abend.

Als ich nach Hause zurückkam, war es bereits dunkel und kalt. Am Automaten an der Ecke zog ich mir eine Dose heißen Kaffee. Die Dose schüttelnd, ging ich zu meiner Wohnungstür. Auf dem Nachhauseweg hatte ich vor allem an Yūko gedacht. Auch diesmal hatte sie einen kurzen Rock getragen, und wenn sie sich vorbeugte, hatte ich ihre hellen, weißen Brüste sehen können. Ich war zufrieden mit meinem Verhalten ihr gegenüber und erwog, sie morgen zu einem Drink einzuladen. Aber was, wenn wir im Bett landeten? Würde ich mir damit nicht mein eigentliches Vergnügen, das Aufschieben und Hinauszögern, vergällen? Sex mit ihr wollte ich schon, aber ich befürchtete, schon beim zweiten oder dritten Mal würde mir die Lust darauf vergehen. Weil es bisher meistens so gewesen war. Die Vorstellung, dass es wieder und wieder passiert, stieß mich ab, und was zurückblieb, war nur ein schales Gefühl von Überdruss und Langeweile. Letzten Endes lief es immer aufs Gleiche hinaus. Mir zu viele Gedanken zu machen brachte mich allerdings auch nicht weiter, im Gegenteil. Irgendwann würde ich mich in meinen Phantasien verlieren und war zu gar nichts mehr zu gebrauchen. Ich musste lachen.

Vor meiner Tür hörte ich aus der Wohnung nebenan das Kind weinen. Ich wusste, dass dort eine alleinstehende Frau mit ihrem Jungen im Kindergartenalter wohnte. Ich hatte das Kind oft weinen hören und war jedes Mal genervt. Aber so war das nun mal bei Kindern. Doch das Weinen jetzt kam mir etwas seltsam vor. Gedämpft durch die Wand hörte ich außerdem, wie eine Frau laut schrie.

In meiner Wohnung war das Geschrei noch besser zu hören. Zwar verstand ich die Worte nicht, aber die Frau lachte auf einmal höhnisch, während das Kind wie am Spieß brüllte. Das Brüllen ging mir durch Mark und Bein, war fast unheimlich. Ich erinnerte mich, dass der Junge dünn und schmächtig war. Ich hätte nicht gedacht, dass sich ein kleiner Körper so laut bemerkbar machen konnte. Jetzt lachte drüben eine Frau, dann wieder Gebrüll. Nach einer Weile merkte ich allerdings, dass die beiden Stimmen zu ein und derselben Person gehörten.

Genervt beschloss ich, den Lärm mit Musik zu übertönen, mit etwas Wildem, Aggressivem, und so legte ich eine CD von Rage ein. Ich liebe es, richtig laut Musik zu hören. Dann nahm ich meinen Revolver aus dem Lederbeutel, rieb mit dem schwarzen Tuch ein paar Stäubchen weg und legte ihn vorsichtig zurück in die für ihn bestimmte Tasche.

8

Ich überlegte, wo ich den Revolver ausprobieren könnte. Auf dem Weg zur Uni sah ich vom Zugfenster aus immer einen Berg. Ich wusste nicht, wie der Berg heißt, aber es gibt dort kaum Häuser, und wenn ich nur weit genug lief, würde sicher keine Seele etwas hören. Ein besonders lärmiger Ort wäre ebenfalls eine Möglichkeit, wo durch den Geräuschpegel niemand etwas bemerken würde. Aber ich wollte es mit allen Sinnen auskosten: den Knall beim Abfeuern, die Wucht des Rückstoßes, der sich von der Hand auf den ganzen Körper übertrug, den aufsteigenden Qualm, den Geruch. Die Vorstellung erregte mich – eine Erregung, in die sich Anspannung und Nervosität mischten. Ich konnte es kaum mehr erwarten, bis der Moment gekommen sein würde. Es war ein seltsames Gefühl, aber es machte mich glücklich.

In der Vorlesung sprach ein Professor über Kultur und Geschichte des Islam. Der hochgewachsene Mann trug einen Anzug und erzählte mit großer

Eindringlichkeit. Mir schien, als hätte ich ihn schon einmal im Fernsehen gesehen, war mir aber nicht sicher. Wie auch immer – was er da sagte, ging mich sowieso nichts an.

Als die Vorlesung zu Ende war, wartete draußen vor der Tür Keisuke auf mich. Er redete über Frauen, Kleidung und Uhren und ließ dann die Bemerkung fallen, er habe mich mit diesem Mädchen gesehen, ob das meine neue Freundin sei? Vermutlich meinte er Yūko Yoshikawa.

»Nein, aber ich bin dran.«

»Aah, da ging also noch nichts, verstehe. Aber sie scheint ganz süß zu sein. Und was für ein Body … Du hast echt ein Auge dafür. Und? Bist du verliebt?«

»Was?«

»Ob du in sie verknallt bist! Das wäre ja ein Lacher! Man stelle sich vor: Nishikawa über beide Ohren in ein Mädchen verliebt – eine Sensation! Hey, lass uns was trinken gehen. Dann kannst du mir alles erzählen.«

»Nee, du siehst das völlig falsch. Oder … na ja, vielleicht nicht ganz so falsch.«

Da Keisuke seinen Spaß zu haben schien, spielte ich mit. Ich tat verlegen, als hätte er mich ertappt. Keisuke lachte. Hartnäckig versuchte er, mich zum Trinken zu überreden, aber ich widerstand. Ich hatte vor, die Gegend in den Bergen auszukundschaften. Rein theoretisch wäre es nicht unbedingt nötig gewesen, doch ich wollte nichts riskieren und Schritt für Schritt vorgehen. Und der nächste Schritt bestand eben darin, den besten, sichersten Ort zu finden. All diese Vorbereitungen waren Teil des Vergnügens, das mir mein Revolver bescherte.

Das Handy klingelte. Irritiert sah ich auf dem Display, dass es meine Eltern waren. Ich blieb stehen und nahm den Anruf entgegen, setzte mich dann auf eine Bank in der Nähe. Keisuke ging ein paar Schritte zur Seite und kramte ein Feuerzeug hervor, um sich eine Zigarette anzuzünden. Am Telefon war meine Mutter. Warum nur rief sie mich nicht zu Hause auf meinem Festnetzanschluss an? Wenn sie mit mir reden will, könnte sie dort einfach eine Nachricht auf dem Anrufbeantworter hinterlassen. Sie erkundigte sich zuerst nach meinem gesundheitlichen Befinden und schien erleichtert, als ich ihr versicherte, dass es mir gutgehe. Wie bereits bei ihrem letzten Anruf klang meine Mutter seltsam. Eltern und ihre Kinder spüren solche Dinge sehr genau. Etwas war passiert, da war ich mir fast sicher.

»Ist bei euch alles in Ordnung?«, fragte ich. »Du musst es mir nicht sagen, wenn du nicht möchtest.

Aber wenn was ist, das mich auch angeht, dann würde ich es schon gern wissen.«

Meine Mutter zögerte einen Moment, bevor sie sagte: »Dein Vater ist sehr, sehr krank. Sein Zustand ist kritisch.«

Ich verstand nicht, wovon sie sprach, und bat sie, das Gesagte zu wiederholen. Bei meinem letzten Besuch war Vater gesund und munter gewesen; dass er krank war, konnte ich mir nicht vorstellen. Wir hatten zusammen getrunken, während er ausführlich über seine Leidenschaft, das Golfen, erzählte. War er da schon krank gewesen? Meine Mutter schwieg eine Weile und entschuldigte sich dann. Sie wisse nicht, wie sie es erklären solle. Dann sagte sie: »Nicht er ist krank, sondern dein leiblicher Vater.«

Das hatte ich nicht erwartet.

»Natürlich bist du für mich und deinen Vater wie unser eigenes Kind. Das ist keine Frage, wir gehören zusammen, aber … Ich wusste einfach nicht, was ich tun sollte, also habe ich mit deinem Vater geredet. Wir kamen zum Schluss, dass es besser ist, wenn wir es dir sagen. Wahrscheinlich bist du böse auf ihn, machst ihm Vorwürfe – äh, ich meine nicht deinem Vater hier, sondern dem anderen –, und da dachte ich zuerst, es wäre besser für dich und auch für uns, alte Wunden nicht wieder aufzureißen … Doch dann kam dieser Anruf vom Kinderheim, und da sagten sie, dass er, äh, bald sterben würde und sich wünschte, dich noch einmal zu sehen ... Ja, das sagten sie. Wir wussten nicht, was tun, aber schließlich entschieden wir uns dafür, dir alles zu erzählen und es auch dir zu überlassen, ob du ihn besuchen willst oder nicht. Das muss inzwischen fünfzehn Jahre her sein, seit du ihn das letzte Mal gesehen hast, wahrscheinlich würdest ihn nicht einmal mehr erkennen ... Genau, du warst sechs, als wir dich zu uns genommen haben. Entschuldige bitte, es muss äh ... eine ziemliche Überraschung, ein Schock sein für dich. Es tut mir leid, wirklich ...«

Meine Mutter schien mit den Tränen zu kämpfen. Ihre Stimme drohte zu ersticken, doch sie redete und redete, als müsse alles auf einmal aus ihr heraus. Tatsächlich war ich überrascht, aber zugleich erleichtert, weil ich etwas Schlimmeres erwartet hatte. Dennoch war mir klar, dass die Situation ernst war. Ich überlegte, wie ich meine Mutter und meinen Vater beruhigen könnte. Eine Antwort fiel mir nicht leicht, aber vermutlich war es das Beste, wenn ich sagte, dass ich ihn zwar besuchen werde, mir aber nicht viel daraus mache. Wenn ich dieses letzte Wiedersehen verweigern würde, dann bekämen sie den Eindruck, es mache mir eben doch etwas aus, dass ich im Innersten meines Herzens immer noch an meinem leiblichen Vater hänge.

»Damals, als … als wir dich in unsere Familie aufnahmen, da sagten uns die Betreuer vom Kinderheim, dass in solchen Fällen, wenn ein Elternteil noch am Leben ist, dass die seelische und geistige Verfassung des Kindes labil sein kann und das Kind Zeit braucht, um sich an sein neues Zuhause zu gewöhnen und seine Adoptiveltern als Vater und Mutter wahrzunehmen. Wir sollten uns allen viel Zeit lassen, sagten sie. Oft wolle das Kind plötzlich nichts mehr essen oder versuche wegzulaufen. Selbst wenn es von seinen leiblichen Eltern schlecht behandelt worden war, komme es vor, dass das Kind tagelang weine und unbedingt zurückwolle. Aber du … weißt du noch? Du hast uns von Anfang an Mama und Papa genannt, hast viel gelacht, kaum je geweint, bist nie traurig gewesen … Ach, wie froh, wie glücklich wir waren, dass du uns so akzeptiert hast, aber wenn ich's mir jetzt überlege, war es wohl mehr deine Art, Rücksicht auf uns zu nehmen … Du warst ein so lieber, aufmerksamer Junge, und feinfühlig. Ziemlich ungewöhnlich für ein Kind, oder wie soll ich sagen …«

Die Stimme versagte ihr, es blieb einen Moment still, dann war plötzlich mein Vater am Telefon. Ob ich überrascht sei, war seine erste Frage. »Ja, schon ein wenig«, antwortete ich. Normalerweise wäre mein Vater um diese Zeit gar nicht zu Hause, doch jetzt, kurz vor dem Rentenalter, kam er oft früher.

»Überleg dir das mit dem Besuch in Ruhe. Wenn du nicht gehen möchtest, versteh ich das schon. Kommt ja auch alles aus heiterem Himmel … Es tut mir leid.«

»Nein, schon gut, ich geh. Er liegt schließlich im Sterben und möchte mich sehen. Für mich spielt es keine Rolle, und wenn er es sich wünscht … Na ja, irgendwie ist es schon unangenehm, aber wenn ich jetzt kneife, wird er sicher enttäuscht sein. Ach, wo ich dich schon mal dranhabe … Ich bin leider diesen Monat ein bisschen knapp bei Kasse. Könntest du mir nicht zehntausend Yen schicken? Ich weiß, etwas unverschämt, aber wenn ich ausgehe und … nein, es ist einfach so viel zusammengekommen, und jetzt muss ich auch noch ein neues Wörterbuch kaufen …«

»Hast du nicht eben was von Ausgehen gesagt?« erwiderte mein Vater lachend.

»Nein, nein, so hab ich das nicht gemeint, wirklich. Es tut mir leid, dich anbetteln zu müssen, aber ich wäre froh, wenn du mir das Geld schicken könntest.«

»Also gut, bleibt mir ja nichts anderes übrig. Das Studium ist wichtig. Streng dich bitte an, okay? Und noch was: Wenn du ihn besuchen gehst, wird dich Herr Yamane begleiten. Er meldet sich dann bei dir.«

»Alles klar. Und bring Mutter ein bisschen zum Lachen. Sag ihr, sie werde mit dem Alter immer sentimentaler. Oh, gleich beginnt die Vorlesung, ich muss los«, sagte ich und legte auf.

Ich dachte an den Mann, der mein leiblicher Vater war. Da ich mich kaum noch an ihn erinnerte, hegte ich ihm gegenüber auch keinen Groll. Von irgendwoher wusste ich, dass er getrunken hatte und seine Frau ihm davongelaufen war. Man hatte mir gesagt, es sei für ein kleines Kind wie mich gefährlich, bei einem solchen Mann zu leben. So kam ich ins Kinderheim. Die wenigen Erinnerungen bestanden lediglich aus Worten, mit denen ich keinerlei Gefühle verband.

Keisuke schaute besorgt zu mir herüber, aber es gab nichts zu sagen. Früher hätte ich eine solche Situation ungeniert ausgenutzt und erzählt, dass sowohl Vater als auch Mutter nicht meine richtigen Eltern waren und ich in einem Kinderheim gelebt hatte – nur um mich an der Reaktion des Gegenübers zu ergötzen. Doch jetzt tat ich das nicht mehr. Keisuke war auffallend freundlich. Vermutlich hatte er sich aus den Wortfetzen des Telefongesprächs etwas zusammengereimt.

»Du, ich mach mich mal auf den Weg, die Kleine

wartet auf mich«, sagte ich in der Absicht, Keisuke loszuwerden.

»Hm? Ach, du meinst die Hübsche? Wie heißt sie denn?«

»Nein, nicht die. Ich geh zu dem Mädchen, mit dem ich neulich geschlafen habe. Die andere heißt Yūko. Yūko Yoshikawa. Sag ich dir nur, damit du die Hände von ihr lässt.«

»Hä? Warum gehst du jetzt zu der? Ich dachte, du wärst in Yūko verknallt. Lass doch die andere links liegen.«

»Na ja, man nimmt, was man kriegen kann. Schadet doch nichts, oder? Yūko wäre mir zwar lieber … Hey, ich meine es wirklich ernst mit ihr.«

»Dann erst recht, oder? Aber egal. Pass nur auf, dass Yūko davon nix erfährt. Sonst …«

»Ja, klar.«

Nachdem ich es einmal ausgesprochen hatte, entschied ich mich, das Mädchen tatsächlich zu besuchen. Nicht, dass ich mich nach ihr verzehrt hätte, doch da ich nun mal auf die Idee gekommen war, warum einen Rückzieher machen? So war es oft, dass ich mich vom Moment mitreißen ließ, auch jetzt. Ich suchte in meinem Handy nach der Nummer und rief sie an. Da ich ihren Namen nicht kannte, hatte ich sie unter »T« wie »Toast« gespeichert. Sie meldete sich gutgelaunt, und als ich vorschlug, zu ihr zu kommen, sagte sie sofort ja. Ihre Frage, ob ich etwas essen wolle, verneinte ich. In Wahrheit hätte ich nichts dagegen gehabt, aber wie würde sie wohl reagieren, wenn ich nur käme, um Sex mit ihr zu haben? Das war bescheuert, aber ich hatte es mir nun mal in den Kopf gesetzt. Ich ging zu ihr nach Hause, und nach einer kurzen Plauderei landeten wir im Bett. Anfangs passierte bei mir nicht viel, vielleicht, weil es sich nicht mehr so aufregend und neu anfühlte. Erst als ich tief in ihr drin war, wurde mein Penis richtig steif. Sie stöhnte laut und lange, aber ich war mir nicht sicher, ob es echt war. Vielleicht hat sie ihren Höhepunkt auch bei unserem ersten Mal nur vorgetäuscht, dachte ich unwillkürlich.

Danach fiel ich in einen Schlaf voller Träume. In einem davon war ich mir bewusst, dass ich träumte, aber ich hatte keine Kontrolle darüber, was ich tat. Wie beim letzten Mal weckten mich die klappernden Geräusche hinter dem Vorhang. Wahrscheinlich wieder Toast, dachte ich, aber sie hatte nur Kaffee gemacht. Sie sagte, ich hätte sechzehn Stunden am Stück geschlafen. Zuerst hielt ich es für einen Scherz, aber es war keiner. Jäh kam mir der Revolver in den Sinn, und mein Blick schweifte nervös durch das Zimmer, auf der Suche nach der Tasche.

Doch dann fiel mir ein, dass ich den Revolver am Vortag gar nicht mitgenommen hatte. Mein Handy klingelte – es war Yūko Yoshikawa. Einen Moment lang zögerte ich und ließ es dann klingeln. Das Mädchen reagierte nicht darauf. Es dauerte lange, bis das Klingeln endlich aufhörte.

9

Als ich das Apartment verließ, dämmerte es schon, und ich war zu müde, um noch etwas zu unternehmen. Beim Abschied hatte das Mädchen ihren Körper fest an meinen gedrückt und mich dann aufs Bett gestoßen. Ich ließ sie gewähren. Offenbar war sie am Vortag nicht auf ihre Kosten gekommen, und Sex machte ihr einfach Spaß. Ich gab meinen Plan auf, in den Bergen nach einem geeigneten Ort für meinen ersten Schuss zu suchen. Das heißt, ganz aufgeben wollte ich es nicht, nur aufschieben. Es erleichterte mich sogar, noch ein wenig Zeit gewonnen zu haben. Eigentlich paradox, weil ich mich doch so sehr nach dem Knall des Revolvers sehnte.

Der Revolver war wie ein unzähmbares, eigenwilliges Wesen. Und ich ahnte, dass ich diesem mächtigen, fordernden Wesen nicht mehr lange würde standhalten können und es nur durch den erlösenden Schuss bändigen konnte. Der Gedanke ließ mich schaudern. Doch umso mehr sträubte ich mich auch gegen den Druck, versuchte, wieder eine gewisse Distanz zu bekommen. Aus dieser Not heraus hatte ich zunächst die Berggegend auskundschaften wollen. Das würde mir etwas Luft verschaffen. Allerdings bestand dort die Gefahr, dass mich das Verlangen, endlich abzudrücken, um den Verstand bringen würde. Oder ich vorher nachgeben und abdrücken würde. Ich zündete mir eine Zigarette an und begann zu überlegen, warum ich dieses verrückte, brennende Verlangen in mir spürte.

Ich fragte mich, ob ich eigentlich Angst hatte. Wenn ich mich auf die Suche nach einem geeigneten Ort machte, würde ich in Versuchung geraten zu schießen. Und wenn ich in Versuchung geriet, würde ich ihr irgendwann nachgeben. Nach dem ersten Schuss würde ich einen zweiten abfeuern wollen und so weiter. Es war wohl diese unaufhaltsame, sich verselbständigende Kettenreaktion, vor der ich mich fürchtete. Aber warum nur? War es wirklich nur das Schießen? Oder vielleicht eher meine Angst, von der Polizei geschnappt zu werden? Deswegen wollte ich zunächst einmal den Ort auskundschaften und erst dann einen Schuss abfeuern, wenn ich mich ganz sicher fühlte. Ich erinnerte mich an mein Glücksgefühl, als ich den Revolver entdeckt hatte. Dennoch hatte ich versucht, einen kühlen Kopf zu bewahren, hatte versucht, mich von meiner Erregung nicht überwältigen zu lassen. Und noch immer bemühte ich mich, die Situation und das, was sie mit mir machte, möglichst nüchtern zu betrachten. Aber es wurde immer schwieriger, jenes Glücksgefühl nur durch das Bewundern und Befühlen des Revolvers hervorzurufen. Am liebsten hätte ich die Zeit zurückgedreht – zu jenem Abend am Fluss, als der Revolver und ich noch gleichberechtigte Partner gewesen waren. Doch das war nicht mehr möglich. Der Revolver war ein Teil von mir geworden, hatte mein ganzes Denken und Handeln durchdrungen. Zu schießen war die eigentliche Bestimmung eines Revolvers, und so war es nur logisch, dass auch ich das wollte. Mich dagegenzustellen hätte bedeutet, zu meinem früheren Ich, meinem früheren Leben zurückzukehren – ein nicht nur sinnloser, sondern auch trostloser Gedanke. Ein Leben ohne den Revolver konnte ich mir nicht mehr vorstellen. Seit ich ihn hatte, machte mir mein Alltag Freude, weil sich alles um den Revolver herum abspielte, und es fühlte sich an, als würde genau das auch meine persönliche Entwicklung voranbringen.

Als ich schon fast zu Hause war, kam mir ein Kind mit einer Plastiktüte in der Hand entgegen. Beim Gehen kickte es einen kleinen Stein vor sich her. Es war der Junge aus der Wohnung nebenan. Neben dem rechten Auge hatte er einen rötlichblauen Fleck. Vermutlich von seiner Mutter, dachte ich sofort. Er trug einen schmuddeligen grauen Trainingsanzug und sah viel zu dünn aus. Die Mutter war nirgendwo zu sehen. Mein Blick blieb an dem Jungen hängen. Vielleicht auch nur, weil ich auf der Suche nach Ablenkung war.

»Na, hast du was zum Naschen gekauft?«

Ich gab mir Mühe, ihn mit einem möglichst freundlichen Gesicht anzusprechen. Aus der Nähe erkannte ich auch mitten auf seiner Stirn eine blutunterlaufene Stelle. Er schielte und roch etwas streng, was von dem strähnig-langen, ungepflegten Haar herkommen mochte. Instinktiv war ich versucht, mich abzuwenden, beherrschte mich aber und fragte wie zuvor mit sanfter Stimme: »Woher hast du diese blauen Flecken?«

Da geschah etwas Seltsames. Der Junge fixierte mich kurz mit seinem schielenden Auge, warf die Plastiktüte nach mir und rannte davon. Überrascht, brauchte ich einen Moment, bis ich mich nach ihm umdrehte. Der erste Impuls war, ihm hinterherzurennen, doch der Junge war schnell und schon ein ganzes Stück weg. Ich war hin- und hergerissen, ließ es dann aber bleiben. Am Ende hielten die Leute mich noch für einen Kinderschänder. Verwirrt stand ich da und zündete mir dann eine Zigarette an, um mich wieder zu beruhigen.

Mein Blick fiel auf die Plastiktüte. Ich wollte sie gerade aufheben, als ein Flusskrebs aus der Tüte krabbelte. Der Krebs erinnerte mich an früher, als ich selbst noch ein Kind gewesen war. Unwillkürlich kauerte ich mich nieder. Da bemerkte ich, dass seine beiden Arme mit den Scheren fehlten. Ich hob die Tüte auf und schaute hinein. Ein ganzer Klumpen von Krebsen krabbelte übereinander. Und keiner hatte mehr Scheren. Die vielen Beine waren ineinander verhakt, und die Armstummel bewegten sich, als wollten sie etwas abwehren. Der rote Klumpen wirkte wie ein Lebewesen, das sich auf engstem Raum hilflos abquält, und machte ein seltsam schleifendes Geräusch. Angeekelt schleuderte ich die Tüte weit von mir. Als sie auf dem Asphalt aufschlug, knackte es. Noch im Gehen hatte ich das schauderhafte Geräusch in den Ohren.

In meiner Wohnung machte ich Musik an. Da begann die Frau von nebenan zu schreien, als hätte sie auf mich gewartet. Ich hörte, wie Glas zersplitterte, dann heftige dumpfe Schläge gegen die Wand, die bei jedem Aufprall erzitterte. Es schien kein Ende zu nehmen. Zögernd suchte ich die Nummer des Jugendamtes heraus, gab mir einen Ruck und rief an. Ich erklärte, was los war, und teilte der Frau am Telefon Adresse und Wohnungsnummer der Nachbarin mit. Sie hörte aufmerksam zu. Vielleicht war ich deshalb erleichtert. Ich sei nicht der Erste, der einen solchen Vorfall bei ihr melde. Morgen werde jemand vorbeikommen.

Das ewige Geschrei und auch das Kind waren mir zuwider. Jetzt hörte ich jemanden weinen, es klang nach einer Frau. Entnervt nahm ich den Revolver, ließ ihn in den Lederbeutel gleiten und ging nach draußen, um etwas frische Luft zu schnappen.

Der Lederbeutel war in der Innentasche meiner Jacke verborgen. Keiner würde auf die Idee kommen, dass ich einen Revolver bei mir trug. Das Handy klingelte – es war Yūko Yoshikawa. Das trifft sich gut, dachte ich. Obwohl es bereits Abend war, schlug ich vor, sich irgendwo zu treffen. Sie zögerte erst, gab meinem Drängen aber schließlich nach. Da wir uns in der Nähe der Uni treffen würden, ging ich Richtung Bahnhof. In dem Moment kam mir der Junge wieder in den Sinn, auch sein unangenehmer Geruch, und mir wurde übel.

10

Noch nie war ich am Abend auf dem Uni-Campus gewesen. Die Außenbeleuchtung tauchte die Umgebung in orangefarbenes Licht, ließ die Silhouetten der Gebäude traumgleich aus dem Dunkeln treten. Da und dort bedeuteten hell erleuchtete Fenster die Nähe anderer Menschen. Studenten brüteten noch immer über ihren Büchern oder gingen nach den Vorlesungen noch den verschiedensten Beschäftigungen nach. Auch draußen waren Leute unterwegs, darunter einige Pärchen, die Arm in Arm vorbeischlenderten. Yūko hatte gesagt, sie wolle hier ein wenig herumlaufen. Meinen Vorschlag, irgendwo etwas trinken zu gehen, hatte sie abgelehnt mit der Begründung, es sei ihr nach einem ruhigeren Ort zumute. An einem Automaten kaufte ich zwei Dosen heißen Kaffee und reichte Yūko eine. Sie bedankte sich, schien aber abweisend und in sich gekehrt. Ich fragte mehrmals, was los sei, doch sie sagte kein Wort. Ratlos zündete ich mir eine Zigarette an. Unbewusst über die Stelle streichend, wo der Revolver versteckt war, überlegte ich, was wir jetzt tun sollten.

»Entschuldige«, durchbrach sie endlich die Stille zwischen uns. »Ich bin heute nicht so gut drauf. Ich kann gar nicht genau sagen, was eigentlich los ist … Ist manchmal einfach so, ohne Grund. Trotzdem gut, dass du da bist. Eigentlich hasse ich es, wenn mich jemand in diesem Zustand sieht, aber na ja, ich wollte nicht allein sein. Keine Ahnung, was ich hier rede … Hey, danke.«

Sie zog die Lasche auf und nahm einen Schluck Kaffee.

»Nein, war ja meine Idee. Ich war mit ein paar Freunden unterwegs, alles Pärchen, deshalb dachte ich, wenn du vielleicht gerade Zeit hast … Ist schon gut. Offen gesagt war mir auch nicht so nach Feiern.«

»Bist du sicher? Ihr wart wirklich gerade – ist das okay?«

»Mach dir keine Gedanken. Als ich deine Stimme hörte, hab ich sofort gemerkt, dass was nicht stimmt. Also hab ich mich anders entschieden.«

»Aber ihr wart doch verabredet?«

»Kein Problem. Sie sind ja in bester Gesellschaft.«

Ich war enttäuscht, weil sie Jeans trug. Wieder überlegte ich, wie der Abend weitergehen könnte.

Mein Blick streifte ihr schulterlanges Haar, ihr Gesicht mit den großen Augen, ihren Busen, der sich unter dem Sweatshirt deutlich abzeichnete. Ich stellte mir vor, mit ihr Sex zu haben. Doch ich hatte mir vorgenommen, nichts zu übereilen, auch wenn es vielleicht gar keine Rolle spielte. Also versuchte ich, an anderes zu denken und mich von meinen Phantasien nicht verführen zu lassen.

»Was ist mit deinem Freund? Kannst du nicht mit ihm reden?«

»Freund? Ich hab keinen. Wozu auch.«

»Keinen Freund? Ach komm, du lügst.«

»Nein, ich lüge nicht. Ich brauch das im Moment nicht. Ich brauche nichts und niemanden. Hab die Nase voll vom letzten Mal. Echt, es hat keinen Sinn. Reine Zeitverschwendung. Ich fühle mich leer, aber das verstehen die Männer nicht.«

»Leer, hm … Aber ich glaube, ich versteh schon, was du meinst.«

»Nein, verstehst du nicht. Das sind ganz allein meine Gefühle. Echt, mir reicht's. Ich brauche niemanden, ich brauche den Stress und diese ganzen idiotischen Sachen nicht. Nein danke.«

»Was ist denn passiert? Also nur, wenn du drüber reden möchtest.«

»Ach, nichts Besonderes. So was kommt öfter vor. Öfter, sag ich, aber es macht mich trotzdem fertig, verstehst du? Absurd und eigentlich zum Lachen …« Sie zog eine Grimasse.

Sie schien wirklich deprimiert. Dennoch fand ich es faszinierend, sie so zu erleben. Ihre Stimmung einzuschätzen und ein Türchen zu finden, das sich vielleicht öffnen ließ, war eine Herausforderung, die mir Spaß machte. Ein Außenstehender würde annehmen, wir seien ein Paar, das in ein ernsthaftes Gespräch vertieft war. Aber kein Mensch würde vermuten, dass in der Innentasche meiner Jacke ein Revolver steckte.

Auf einmal fühlte ich mich schläfrig. Die Müdigkeit legte sich ohne jedes Vorzeichen wie ein Schleier über mich. Im orangefarbenen Licht verschwamm alles zu einem Nebel, und ich konnte nur noch fetzenweise verstehen, was Yūko sagte. Um mich wach zu halten, trank ich meinen Kaffee und stand energisch von der Sitzbank auf. Ich fragte, ob sie nicht ein paar Schritte gehen möchte.

Statt einer Antwort sagte sie: »Irgendwie … Ich weiß nicht, was mit mir los ist.«

»Was meinst du?«

»Ach, schon gut. Es ist nur … Ich fühle mich so komisch. Es tut mir leid. Sorry, ich entschuldige mich dauernd …«

»Ich sollte mich bei dir entschuldigen.«

»Wofür denn?«

»Was?« Ich war so müde, dass ich mir ständig das Gähnen verkneifen musste. »Wie auch immer, so was kommt halt hin und wieder vor. Ich meine, egal, was man tut, manchmal geht's einem einfach mies. Deswegen ... mach dir nichts draus.«

Inzwischen konnte ich kaum noch klar denken. Ich ging noch einmal zum Getränkeautomaten, um mir einen kalten schwarzen Kaffee zu ziehen. Dann spritzte ich mir auf der Toilette Wasser ins Gesicht. Als ich zurückkam, fragte Yūko besorgt, ob mit mir alles in Ordnung sei. Da ich nicht wusste, was antworten, versuchte ich, meine Verlegenheit einfach wegzulachen.

»Du, mir wird langsam kalt«, sagte Yūko plötzlich. »Wollen wir zu mir gehen? Sieht aber aus wie ein Schlachtfeld ...«

»Was meinst du?«

»Ich meine, es ist kalt geworden, und ... meine Wohnung ist hier in der Nähe.« Sie schaute mir in die Augen.

Ich zögerte, überlegte, wie ich geschickt auf ihre Frage antworten könnte. Es war ein prickelndes, aufregendes Gefühl, nicht genau abschätzen zu können, wie sie reagieren würde. Ich runzelte die Stirn und sagte, ich könne ihr Angebot nicht guten Gewissens annehmen.

»Wenn wir zu dir gehen, garantiere ich für nichts.

Du verstehst schon … Das Fleisch ist schwach. Und in deinem Zustand … Vielleicht würde ich versuchen, die Situation auszunutzen. Genau, so ein Typ bin ich. Überleg es dir also lieber noch mal. Ich wäre gern anders als andere Männer, würde mich gern um dich kümmern. Meinst du das wirklich, was du da gesagt hast? Mir ist es ernst, wirklich! Denk noch mal darüber nach, und sobald es dir bessergeht, lässt du es mich wissen.«

Ich blickte sie forschend an. Sie schien ein wenig überrascht, und das gefiel mir. Sie sagte etwas, aber so leise, dass ich es nicht verstand. Um meine Freude über das gelungene Manöver zu verbergen, hatte ich mich mitten im Satz weggedreht. Sie nahm meine Hand und lehnte sich sanft an mich, als wir losgingen. Auf einmal spürte ich wieder die bleierne Müdigkeit.

Während wir langsam die Steinstufen hinabstiegen, schwatzte sie ununterbrochen. Dass sie einen Seitensprung nie verzeihen würde, dass es schön wäre, wieder mal eine Reise zu machen – solcherlei Sachen. Gegen meine Müdigkeit ankämpfend, lachte ich oder gab den einen oder anderen Kommentar ab. Als wir am Ende der Stufen waren, drängte sie sich plötzlich an mich. Ich war überrumpelt, geriet aber nicht aus dem Gleichgewicht. Sie schlang ihre Arme um mich, worauf ich meine um sie schlang. Der Geruch ihres Haars erinnerte mich an etwas Vertrautes, und mir wurde unwohl, ich weiß nicht, warum. Das beklemmende Gefühl wurde immer stärker, breitete sich in mir aus und verdrängte sogar die Müdigkeit. Ich spürte einen dumpfen Schmerz in der Brust, der mir fast den Atem nahm. Ich dachte daran wegzurennen, aber ich stand nur da, wie betäubt, und hielt Yuko eng umschlungen. Es war seltsam, als schwebte ich in einem unendlichen, zeitlosen Raum.

»Manchmal …«, begann sie und stockte. Tränen liefen ihr übers Gesicht. »Manchmal kommt einfach alles hoch. Ich weiß nicht, warum. Dann ist mir nur noch zum Heulen. Aber ich glaube, jetzt ist es schon besser. Danke dir. Ich kann dir leider nicht versprechen, dass es das letzte Mal war.«

Wie traumverloren nickte ich. Dann begleitete ich sie nach Hause und hoffte, den Abschied ohne Peinlichkeit hinzukriegen. Dann machte ich mich auf den Heimweg. Irgendwann fing ich an zu rennen. Der Revolver in der Jackentasche hüpfte auf und ab und schlug mir dabei jedes Mal gegen die Rippen. Es schmerzte, aber es kümmerte mich nicht. Außer Atem blieb ich an einer Ecke stehen und zündete mir eine Zigarette an. Mit jedem Zug wurde ich ruhiger, während meine Hand wieder und wieder über den Lederbeutel mit dem Revolver strich.

Am Bahnhof in der Nähe meiner Wohnung stieg ich aus. Während der ganzen Fahrt hatte ich den Lederbeutel in der Hand gehalten, sein Gewicht gespürt, ab und zu hineingegriffen und den Revolver befühlt. Mein Kopf war leer. Ich tastete einfach immer weiter nach dem Revolver, als wollte ich sicher sein, dass er keine Schimäre war.

Ich nahm den Revolver aus dem Beutel und steckte ihn in eine der Außentaschen meiner Jacke. Derart vor Blicken geschützt, umklammerte ich ihn, genoss das Gefühl der Nähe. Ihn in der Hand zu spüren hatte etwas Beruhigendes. Das Metall war kalt und wurde auch durch meine Berührungen nicht wärmer, aber es fühlte sich dennoch an wie ein Teil von mir. Ich legte den Finger an den Abzug, spürte Widerstand. Ob ein Schuss sich auch dann lösen kann, wenn der Hahn nicht gespannt ist?, fragte ich mich, und nahm meinen Finger wieder vom Abzug. Wie wenig ich doch über meinen Revolver wusste. In einem Anflug von Bedauern, ja gar Trauer umklammerte ich ihn noch fester. Mir schien, noch nie im Leben hatte ich mich so verzweifelt an etwas geklammert. Mit aller Kraft hielt ich ihn in der Hand, als würde ich auf seine Gegenliebe hoffen, aber es geschah nichts. Das war zu erwarten und schmerzte mich trotzdem. Wenigstens hatte ich die tröstliche Gewissheit, dass der Revolver bei mir war.

Ich stieg die Treppe der Fußgängerbrücke hinauf und überquerte sie langsam, den Blick auf die Straße unter mir gerichtet. Beide Seiten der Brücke waren von einer Brüstung eingefasst, die die Sicht bis zur Hüfte verdeckte. Ich nahm den Revolver aus meiner Jackentasche und hielt ihn in der Hand, während ich weiterging, dachte dabei an nichts. Bei der Treppe auf der anderen Seite ließ ich ihn – zufrieden mit mir und meinem kleinen Abenteuer – wieder in der Tasche verschwinden. Als meine Wohnung in Sichtweite kam, blieb ich erst stehen und drehte dann um. Ich wollte nicht nach Hause. Warum, wusste ich nicht. Am nächsten Automaten zog ich mir einen heißen Kaffee. Ich wollte weiter draußen herumlaufen, bis meine Beine müde wurden. Ich fühlte mich benommen – aber nicht von der Schläfrigkeit, die mich vorher urplötzlich übermannt hatte; es war irgendetwas anderes. Den Revolver in der Tasche umklammernd, schlenderte ich durch die dunklen, stillen Straßen, ließ eine endlose Reihe von Wohnhäusern hinter mir, passierte einen Bahnübergang, lief an einem Park entlang.

Auf einmal hörte ich auf der anderen Seite des Zauns ein lautes Rascheln, als ob sich in den Büschen etwas bewegte. Ich dachte an eine Katze oder einen Hund, doch dann sah ich in Gedanken eine Leiche vor mir. Da ich alle Zeit der Welt hatte, entschloss ich mich, dem Geräusch nachzugehen. Wenn da wieder ein Toter lag, würde ich vielleicht eine zweite Schusswaffe finden, aber die Vorstellung begeisterte mich wenig. Mit meinem Revolver war ich glücklich, noch einen brauchte ich nicht. Außerdem war es doch unwahrscheinlich, bei jedem Spaziergang über eine Leiche zu stolpern. Ich lachte über mich selbst, auch, weil ich offenbar vergessen hatte, dass Tote keine Geräusche machen.

Ich kletterte über den Zaun. Es war ein typischer kleiner Park mit Schaukel und Rutsche. Das Rascheln war immer noch zu hören. Ich irrte ein wenig herum, bis das Geräusch ganz aus der Nähe kam. Da, wo am Zaun das Gras wucherte, da bewegte sich etwas. Mir wurde flau im Magen, aber ich konnte meine Neugier nicht mehr zügeln und wollte wissen, was sich dort im Dickicht verbarg. Langsam schlich ich mich heran, suchte aufmerksam das hohe Gras ab. Ich war nervös, aber nicht so wie damals am Arakawa. Was konnte das nur sein? Vorsichtig setzte ich einen Schritt vor den anderen. Meine Hand in der Jackentasche hielt den Revolvergriff fest umklammert, für alle Fälle.

Zuerst sah ich nur etwas Schwarzes. Es zuckte und wälzte sich krampfartig, versuchte verzweifelt, wieder auf die Beine zu kommen. Fassungslos und wie gebannt starrte ich auf das sich windende

Bündel, bis mir irgendwann klarwurde: Es ist eine Katze. Das Licht einer Laterne ließ das durchnässte Rückenfell wie einen blendend hellen Streifen aufleuchten. Im Fell war Blut. Um die Katze herum war das Gras zu einer Senke flachgedrückt. Als ich genauer hinsah, begriff ich, dass die Katze inmitten einer Blutlache lag, die bis zu meinen Füßen reichte, etwa zwei Meter entfernt. Ich erschrak über die Menge an Blut, aber noch mehr fesselten mich die spastischen Zuckungen der Katze. Es war mir unmöglich, den Blick von ihr abzuwenden. Kopf und Vorderpfoten lagen im Gras, während sie beharrlich versuchte, sich mit den Hinterbeinen hochzustemmen. Jedes Mal, wenn die Krämpfe vom Nacken her ihren ganzen Körper erfassten, zitterte und zuckte das Tier wie verrückt. Ihr Kopf am Boden war unnatürlich verdreht. Sie würde auf keinen Fall mehr auf die Beine kommen. Ich wich einen Schritt zurück. Ich wollte weg von diesem grausigen Ort, aber ich war unfähig, mich zu rühren, stand einfach nur da und starrte. Die schwarze Katze würgte einen schleimigen Klumpen heraus. Auf einmal entdeckte ich in all dem Blut um sie herum etwas, das aussah wie Schalenreste von Krebsen. Was zum Teufel hatte das zu bedeuten? Unwillkürlich dachte ich an den Jungen. Er musste es gewesen sein – aber das konnte doch nicht sein. Der Junge war noch klein, wie und warum sollte er das Tier so schlimm zugerichtet haben? Wahrscheinlicher war, dass die Katze die Krebse in einem Teich oder schlammigen Wassergraben gefangen hatte, und das hier waren die Überreste. Oder vielleicht hatte sie sich über jenen Haufen Krebse hergemacht, den ich weggeworfen hatte? Was die Verletzung betraf, war die Katze sicher von einem Auto angefahren worden, oder irgendein Jugendlicher hatte sie gequält. Weil ich zufällig Zeuge ihres Elends geworden war, fühlte ich mich mit ihr verbunden.

Da geschah etwas Seltsames. Den Kopf stets am gleichen Ort, begann die Katze sich mit Hilfe ihrer Hinterbeine langsam zu drehen. Gebannt verfolgte ich das sinnlose, wohl von einem Instinkt gesteuerte Kreisen, dem die Katze hilflos ausgeliefert schien. Als ihr Gesicht sich mir zuwandte, verharrte sie regungslos. Die weiß leuchtenden Augen waren weit geöffnet, das Maul krampfartig verzogen. Das ganze Leid des Tiers kam in diesem Gesicht zum Ausdruck, und mir war, als erkennte ich darin menschliche Züge. Plötzlich stieß die Katze einen leisen Schrei aus. Schrie nochmals und nochmals, ich weiß nicht, wie oft, und während ich ihrem Schreien lauschte, ging mir immer wieder der gleiche Gedanke durch den Kopf, ließ mich nicht mehr los. Ich blickte mich um und vergewisserte mich, dass niemand in der Nähe war. Dennoch misstrauisch, nahm ich einen zweiten Anlauf, scannte aber nicht die unmittelbare Umgebung, sondern alles, was weiter weg war – die drei aneinandergereihten Häuser, die dort im Dunkeln lagen, den Strommast daneben, die Straße, die großen Bäume am Rand, den geparkten weißen Transporter, den Sand um die Rutsche, den Himmel und die Silhouette der Häuser darunter, das Gras, den weißen Zaun. Meine wachsamen Augen konnten keine Seele entdecken. Ich schwitzte, meine Arme fühlten sich taub an und meine Beine wie Gummi. Der Ausdruck auf dem Gesicht der Katze war kläglich. Unverwandt starrten mich ihre Augen an, ließen nicht von mir ab. Auch ihr Schreien hörte nicht auf. Je länger, je mehr glaubte ich, das Schreien müsse aus meinem eigenen Kopf kommen, und auf einmal erlosch alles. Ich zog den Revolver aus der Jackentasche, hatte aber nicht das Gefühl, als würde ich es aus eigenem Antrieb tun. Meine rechte Hand, die in der Tasche gesteckt hatte, war feucht vor Schweiß und wurde an der Luft sofort kalt. Ungeschützt fühlte sich der Revolver gegenwärtiger, sogar schwerer an und erschien mir noch schöner als zuvor. Ich streckte den Arm aus und richtete die Mündung auf die schwarze Katze. Ich hielt den Revolver ruhig und konzentriert in Position. Dann spannte ich langsam den Hahn. Es brauchte mehr Kraft als erwartet. Mit einem metallischen Klicken rastete er ein, und kaum wahrnehmbar gab der Abzug etwas nach. Erschrocken dachte ich, der Revolver würde von allein losgehen, aber der Abzug blieb stehen. Das letzte Stückchen war meinem Zeigefinger überlassen. Ich spürte einen stechenden Schmerz in der Brust, und mein Herz hämmerte so heftig, dass ich es hören konnte, doch es schien nichts mit mir zu tun zu haben. *Bleib schön stehen …* Offensichtlich hatte das Tier Angst, aber jemand musste ihr Leiden beenden. Die Katze rührte sich nicht, starrte mich nur an. Sie hatte verstanden, wusste genau, was geschehen würde. Mich umfing das Gefühl, mit dem Revolver eins geworden zu sein. Als wäre mein Körper Teil seines Wesens, seines Willens, und ich empfand eine Glückseligkeit wie noch nie vorher. Zugleich sträubte sich etwas in mir gegen den Triumph des Triebs, wollte mich stoppen, doch darum konnte ich mich jetzt nicht kümmern, konnte keine Gedanken mehr verschwenden, mich nicht mehr auf den Schuss besinnen – und drückte ab. Ein Knall zerriss die Stille der Nacht, und im selben Moment sah ich, wie eine violette Flamme und Rauch aus der Mündung schossen. Die Wucht des Rückstoßes jagte durch meinen Arm, so heftig, dass ich taumelte. Das schwarze Bündel zerriss in bluttriefende Fetzen von Fleisch, kippte zur Seite. Die Kugel bohrte sich nicht einfach in den Körper der Katze; sie hatte sie von innen aufgerissen, wie bei einer Explosion. Volltreffer, war das Erste, was ich dachte, und wollte sofort denselben Thrill noch einmal erleben. Wieder spannte ich den Hahn, zielte auf den schwarzen Haufen – und drückte ab. Die Wucht des Schusses war wie ein Rausch. Meine ursprüngliche Absicht, die Katze von ihrem Leid zu erlösen, hatte ich längst vergessen. Die zweite Kugel schien sie nur gestreift zu haben, denn die Überreste wurden diesmal nicht weggeschleudert, sondern blieben an Ort und Stelle liegen. Der Geruch von Schießpulver stieg mir in die Nase wie bei einem Feuerwerk. Ich sog ihn tief ein, während ich den letzten Rest kribbelnder Taubheit in meinem Arm genoss. Plötzlich beunruhigt, blickte ich mich um. Obwohl ich nichts Verdächtiges entdecken konnte, überfiel mich eine unheimliche Angst. Ich zuckte zusammen und ließ beinahe den Revolver fallen. Du musst weg von hier, blitzte es mir durch den Kopf. Ich steckte den Revolver in meine Jackentasche und machte mich davon. Noch immer wie im Fieber, begann ich irgendwann zu rennen, ohne Ziel, Hauptsache, ich rannte. Bis ich auf die Idee kam, dass mich jemand sehen und Verdacht schöpfen könnte. Das beunruhigte mich, aber die

Freude, die ich zugleich empfand, war unendlich größer. Und auf einmal dachte ich: Du bist nicht mehr derselbe Mensch. Ich hatte das allerhöchste Glücksgefühl erlebt und ausgekostet. Dafür war ich dem Revolver dankbar und bereit, alles zu tun, alles zu opfern. War das nicht wahrhafte Liebe? Plötzlich hatte ich das Bedürfnis, die Welt und alles darin zu bejahen, zu umarmen. Ich war glücklich und voller Zuversicht, dass es so bleiben würde bis zu meinem Tod.

11

Im Krankenhaus roch es unangenehm nach Desinfektionsmittel. Der Mann, der neben mir herging, war zu einem Greis geschrumpft. Als ich im Kinderheim gelebt hatte, war er dort Direktor gewesen, ein vor Energie sprühender, engagierter Mann mittleren Alters. Beim Wiedersehen nach so langer Zeit hatte er mich umarmt und lachend gesagt: »Du bist aber groß geworden!« Er erkundigte sich nach meinem Studium, meiner Familie, meinem Alltag, wollte alles genau wissen. Ich antwortete brav, aber es nervte mich, vielleicht auch wegen des Geruchs, der uns umgab. Er erzählte dieses und jenes über mich, als ich noch klein war. Dass ich im Gegensatz zu vielen anderen Kindern im Heim keine Probleme gemacht hätte, dass ich immer befolgte, was man mir sagte, dass ich ein fleißiger Schüler gewesen sei und so fort. Stumm ließ ich den Redeschwall über mich ergehen, und wie ich es schon geahnt hatte, sagte er: »Genau deswegen habe ich mir Sorgen gemacht. Aber …«, fügte er hinzu, »wenn ich dich jetzt sehe, ist das völlig unnötig gewesen.«

Ich wollte eine Zigarette rauchen. Bis ich endlich darum bitten konnte, verging eine halbe Ewigkeit. Er willigte sofort ein und führte mich zur Cafeteria des Krankenhauses. Eigentlich hatte ich nur Lust auf Nikotin, doch ich lehnte den angebotenen Kaffee nicht ab. Er bestellte für sich auch einen und begann wie ich zu rauchen. Ich sei ja schon richtig erwachsen, sagte er, aber so, als könne er es doch nicht wirklich glauben.

»Du bist sicher nervös wegen deinem Vater. Ich weiß, es geht mich nichts an, ich dachte nur, später einmal wirst du es vielleicht bereuen, wenn du ihn nicht noch einmal gesehen hättest. Darum habe ich dich kontaktiert. Ganz ehrlich, als du sagtest, du würdest kommen, war ich sehr erleichtert.«

»Ist sein Zustand ernst?«

»Der Arzt sagt, es gehe nicht mehr lange. Mit Leberkrebs und Metastasen bis in den Halsbereich … Dein Vater weiß, wie es um ihn steht. Er ist bei Bewusstsein, aber nur gerade eben so. Und offenbar sagt er immer wieder, dass er dich sehen möchte.«

»Aber warum – nach so vielen Jahren?«

»Ich verstehe gut, was du meinst, aber mit dem Tod vor Augen möchte er sich vielleicht für gewisse Dinge entschuldigen. Das kann ich nachvollziehen.

In letzter Zeit geistern auch mir manchmal die Gesichter von Menschen durch den Kopf, denen ich Unrecht getan habe.«

»Bei Ihnen ist aber alles in Ordnung, oder?«

»Ah, jaja. Aber früher, in jungen Jahren, habe ich viel Mist gebaut. Wenn ich zurückschaue, gibt es so einiges, wofür ich mich schämen muss.«

Seit ich den Revolver abgefeuert hatte, fühlte ich mich leicht und beschwingt. Dieser Besuch im Krankenhaus drohte mir nun aber die Stimmung zu verderben. Ich wollte nicht in lästige Angelegenheiten verwickelt werden – wegen jemandem, mit dem mich letztlich nur das Blut verband. Viel wichtiger war mir etwas anderes. In jener Nacht hatte ich zwei Kugeln verschossen, also musste ich mir überlegen, wie man Nachschub beschaffen konnte, falls nötig. Und nach wie vor beschäftigte mich die Frage, ob ich damals am Arakawa wirklich nicht beobachtet worden war ... Um den Besuch möglichst schnell hinter mich zu bringen, schlug ich vor, jetzt zu meinem Vater zu gehen. Ich wolle nicht mehr länger warten. Der Direktor nickte und bezahlte die Rechnung. Es sei wohl besser, wenn ich allein hineinginge. Er werde auf mich warten.

Die Tür war weiß. Es herrschte Stille. Ich öffnete die Tür, und wie er gesagt hatte, blieb der Direktor draußen stehen, nickte mir nur zu. Ich hatte genau dieses Nicken erwartet. Das Zimmer war beengend klein. In der Mitte standen drei Betten nebeneinander, die fast den ganzen Platz ausfüllten. Über jedem Bett hingen Tropfinfusionen mit Schläuchen. Mir kam es vor, als hätte ich mich in ein Versuchslabor verirrt. Der weiße Vorhang vor dem Fenster war zugezogen, und auf einem Tischchen daneben stand ein kümmerliches Blumenarrangement. Die medizinischen Geräte beim Bett in der Mitte waren größer als die anderen und sahen teuer aus. Ich näherte mich dem ersten Bett. Darin lag ein alter Mann, der einem an jeder Straßenecke hätte begegnen können. Seine Augen waren geschlossen, als würde er schlafen. Falten durchzogen das Gesicht. Ich musste an eine Mumie denken. War das wirklich mein Vater? Ich erinnerte mich an eine Fernsehsendung, die ich früher einmal im Heim gesehen hatte. Dass es so etwas wie eine DNA gibt, war damals völlig neu für mich gewesen – und ein Schock. Was man »blutsverwandt« nennt, hatte ich bis dahin für eine Art Aberglauben gehalten, aber mit dem Wissen um die DNA änderte sich alles, und ich musste mir eingestehen, dass genetische Vererbung eine Tatsache war. Biologisch betrachtet, bestand die Hälfte von mir aus den Genen meines todkranken Erzeugers, die andere Hälfte aus den Genen einer Frau, die mich gebar und dann spurlos verschwand. Als ich das begriff, verlor ich das Interesse an mir selbst. Soweit es mein kindliches Verständnis zuließ, wusste ich, dass das Leben einfacher sein würde, wenn ich mich nicht mit Fragen über mein Dasein quälte. *Nicht daran denken!* Die warnende Stimme aus der Vergangenheit machte sich auf einmal bemerkbar.

Ich dachte an den Revolver. Wenn ich ihn mitgebracht hätte – wäre ich womöglich in Versuchung geraten, auf meinen Vater zu schießen? Nein, wohl kaum. Und dennoch war mir die Vorstellung, mein geliebter Revolver hätte im selben Raum wie dieser Mann sein müssen, zuwider gewesen – was sich in dem Moment bestätigte, als ich das Zimmer betrat. Stickige Luft, trostlose Stimmung. Das passte überhaupt nicht zu der wunderschönen Waffe, die viel besser in die Geborgenheit meiner Wohnung oder in die frische, kühle Luft im Park passte.

Der Infusionsbeutel war mit einer giftgelben Flüssigkeit gefüllt, die durch den halbdurchsichtigen Schlauch tröpfelte und im Körper des Mannes verschwand. Ich fragte mich, was geschehen würde, wenn ich den Venenkatheter einfach herauszog. Vermutlich würden sich die Augen des Mannes öffnen und mich überrascht anstarren. Was für eine Szene: Ein hasserfüllter, rachsüchtiger Sohn besucht seinen sterbenden Vater und bringt ihn um. Ein Drama, von dem die Öffentlichkeit sicher fasziniert wäre.

Doch nichts lag mir ferner. Der Mann interessierte mich nicht, und Hass oder Verbitterung gehörten zu jenen Gefühlen, die ich noch nie verstanden hatte. Ob der Mann starb oder sich erholte und zufrieden weiterlebte, war mir völlig egal.

Am Infusionsbeutel entdeckte ich ein weißes Etikett, worauf *Nishioka* geschrieben stand. Ein mir unbekannter Name. Offensichtlich war ich an den falschen Mann geraten. Belustigt grinste ich. Im Gefühl, meine Pflicht bereits getan zu haben, wollte ich wieder hinausgehen, trat dann aber doch noch an das nächste Bett. Auf der Infusion sah und erkannte ich den Namen. Der Mann hatte dunkle, schwärzliche Haut. Sein grau gewordenes Haar war ihm fast komplett ausgefallen, was ich als unwürdig empfand. Er schien wach zu sein. Seine Augen waren weit offen und starr auf mich gerichtet. Mit kaum merklich zitternden Lippen, als wollte er etwas sagen, schaute er mich an, löste seinen durchdringenden Blick nicht von mir. Während ich auf ihn herabschaute, wurden seine Augen immer röter. Die geradezu filmreife Art und Weise, wie er auf meine Gegenwart reagierte, faszinierte und ekelte mich zugleich. Sein rechter Arm zitterte, als er ihn bewegte, aber ich konnte mich nicht dazu überwinden, ihn zu ergreifen – vielleicht, weil die Haut so runzelig war. Mit heiserer, halb röchelnder Stimme sagte er: »Tōru?« Amüsiert dachte ich: Und wenn ich jetzt den Kopf schüttle? Ich tat es, doch der Mann schien mich missverstanden zu haben. Tränen quollen aus seinen Augen, und er röchelte nur. Verunsichert wollte ich ihn schelten. Warum schläfst du nicht?, hätte ich am liebsten gesagt, schwieg aber. Wieder bewegte er seinen rechten Arm ein wenig, und wieder verspürte ich den Widerwillen, diesen Arm zu berühren.

Verzweifelt rang der Mann nach Atem. Das Rasseln und Röcheln dröhnte in meinen Ohren. Ich wollte das nicht länger mitansehen müssen und gehen, aber der Mann versuchte mit aller Kraft, seinen Mund zu öffnen, um mir etwas zu sagen. Während ich auf die dicken, dunkelroten Lippen starrte, fragte ich mich ununterbrochen, warum ich überhaupt hierhergekommen war. Und warum ich immer noch das Gefühl hatte, als gäbe es hier etwas Wichtiges zu erledigen. Ich wurde immer gereizter. Da hörte ich den Mann kaum hörbar auf einmal sagen: »Vergibst … du mir?« Beinahe hätte ich laut herausgelacht, so grotesk erschien mir seine Bitte. Dieses Drama kurz vor dem Tod, die abgedroschenen, pathetischen Worte – vermutlich hatte er solch eine Szene mal im Fernsehen oder Kino gesehen. Aber der Mann meinte es ernst. Ich packte seinen rechten Arm. »Das interessiert mich nicht mehr«, sagte ich.

»Werde einfach schnell wieder gesund, okay?« Ich gab mir alle Mühe, dabei nicht zu lachen. Wenn ich auch noch das Wort »Vater« über die Lippen gebracht hätte, wäre das Schauspiel perfekt gewesen. Weinend versuchte der Mann, sein Gesicht an meine Hand zu schmiegen. Die Bewegung erinnerte mich an ein Baby, und als ich seine Tränen auf meiner Haut spürte, zog ich meine Hand unwillkürlich weg. Ein Schauder lief mir über den Rücken. Der Mann sah mich verdutzt an, und ich konnte ein hämisches, triumphierendes Grinsen nicht unterdrücken; ein unnötiger, aber instinktiver Reflex, mit dem ich mich gegen sein lächerliches Gebaren zur Wehr setzte. Langsam ging mir die Geduld aus neben diesem Mann. Ich hatte getan, was ich tun musste, es gab keinen Grund, noch mehr Zeit zu verschwenden. Also sagte ich: »Ich bin übrigens nicht Tōru.« Und: »Sie haben mich verwechselt, sorry.« Dann ging ich aus dem Zimmer.

Auf dem Flur wartete der Mann vom Kinderheim. Er schaute mich besorgt an und fragte, wie es gewesen sei. Auch wenn es naheliegend und völlig natürlich war, empfand ich seine Frage als aufdringlich. Ich zögerte einen Moment und sagte dann: »Wir sehen uns überhaupt nicht ähnlich«, obwohl mich die Ähnlichkeit seiner Augen und seiner Nasenform geradezu erschreckt hatte. »Ah, ach so …

Das heißt, ich hätte dir das wohl ersparen können«, gab er zur Antwort und schaute mich noch besorgter an. Sicher meinte er es nur gut.

Ich rief das Mädchen an, mit dem ich kürzlich geschlafen hatte, und fuhr zu ihrem Apartment. Von hinten in sie eindringend, packte ich ihr Haar und zog ihren Körper an mich heran. Sie atmete heftig, aber auf einmal kippte die Stimmung. In der gleichen Stellung ließ ich meine Zunge über ihren Nacken gleiten und sog an ihrem Hals. Sie sträubte sich dagegen, weil ihr Freund den Knutschfleck sicher entdecken würde. Obwohl es mir selbst auch keine Lust bereitete, machte ich weiter, sog immer wieder an ihrer Haut. Dabei kroch die altbekannte Müdigkeit in mir hoch. Ungeduldig konzentrierte ich mich darauf zu kommen, auf den erlösenden Moment.

Danach schlief ich ein und erwachte mitten in der Nacht. Das Mädchen neben mir schnarchte leise. Vielleicht war sie erschöpft von vorhin. Auf einem Zettel hinterließ ich eine kurze Notiz und nahm mir ein Taxi nach Hause. Müde legte ich mich noch einmal ins Bett. Als ich aufwachte, waren fünfzehn Stunden vergangen. Im Kopf, irgendwo hinter den Augen, spürte ich einen dumpfen Schmerz. Vermutlich hatte ich zu lange geschlafen und hätte doch gleich wieder einschlafen mögen. Meine Gedanken schweiften in meine Kindheit ab, zu der Schutzformel, die mir im Kinderheim eingefallen war: *Mach dir keine Gedanken, dann wirst du nicht unglücklich sein. Unglücklich bist du nur, wenn du das Unglück anerkennst und dir den Kopf darüber zerbrichst. Dann kann es seine Wirkung entfalten.* Das hatte ich damals erkannt und mich dementsprechend verhalten. Das Gebäude des Kinderheims war klein und weiß gewesen. Es gab dort ein Klavier, Stofftiere und einen Fernseher. Viel Platz hatten wir draußen nicht, aber einen Ball zum Kicken und alles, was es für Baseball brauchte. Nach und nach schienen die Erinnerungen aus der Tiefe wieder aufzutauchen – wenn ich mich denn erinnern wollte.

12

Die Türklingel riss mich aus dem Schlaf. In der kleinen Wohnung klang sie so schrill, dass man sofort hellwach war. Ich ignorierte das Klingeln und zog mir die Decke meines Futons über den Kopf. Doch es klingelte wieder. Übellaunig stand ich auf und zündete mir eine Zigarette an. Ich hoffte, der Besucher würde bald aufgeben, aber er klingelte ein drittes Mal und klopfte sogar an die Tür. Da mir nichts anderes übrigblieb, drückte ich meine Zigarette aus und spähte durch den Türspion. Draußen stand ein fremder Mann. Zuerst dachte ich an einen Vertreter oder Hausierer, aber etwas an seiner Erscheinung passte nicht dazu. Er war mittelalt, klein und hatte schwarzes Haar. Äußerlich wirkte er unauffällig, aber sein Auftreten hatte etwas Einschüchterndes. Er klopfte abermals, diesmal so heftig, dass ich erschrak. Als ich die Tür öffnete, sagte er lächelnd: »Haben Sie geschlafen? Es tut mir leid«, und fixierte mich mit schmalen, zusammengekniffenen Augen. Ich war genervt, auch weil ich keine Ahnung hatte, was der Mann von mir wollte. Da sagte er: »Ich bin von der Polizei«, und streckte mir in einer schwarzen Lederhülle seinen Ausweis entgegen.

»Entschuldigen Sie bitte, wenn ich störe. Aber … ich möchte Sie kurz etwas fragen. Haben Sie Zeit?«

Er lächelte, als wollte er mir versichern, dass alles in Ordnung war, aber seine Miene wirkte berechnend. Ich war starr vor Angst, und einen Moment lang wurde mir schwindlig. Mein Herz begann zu rasen. Ich merkte, wie mir der Schweiß ausbrach, und versuchte irgendwie, die Fassung wiederzugewinnen. Unverwandt sah der Polizist mich an. Ich konnte seinem Blick nicht standhalten und schaute weg.

»Puh, Sie haben mich aber erschreckt«, sagte ich mit einem entschuldigenden Lächeln. »Was ist denn los, so plötzlich … Ist ja wie im Fernsehen. Ich meine, Sie zeigen mir Ihren Ausweis und … Äh, verzeihen Sie bitte. Worum geht's denn? Ich habe geschlafen.«

»Keine große Sache«, gab er zur Antwort, aber ich glaubte ihm nicht. In Gedanken sagte ich mir wieder und wieder: *Du weißt von nichts, und mit der Polizei hast du nichts zu tun.*

»Es ist nur … neulich wurde eine streunende Katze … Herrgott, was für eine schreckliche Geschichte ... eine Katze tot gefunden ... Ganz zerfetzt und blutüberströmt. In dem Park dort, nicht weit von hier. Dass jemand herumläuft, der so was Schreckliches macht. Ich habe selber eine Katze. Aber das tut gar nichts zur Sache. Was ich sagen wollte, ich erkundige mich hier in der Gegend bei den Anwohnern, ob sie nicht etwas über diesen, äh, Vorfall wissen. Und? Wissen Sie vielleicht etwas?« Wieder lächelte er und schaute mich eindringlich an.

Zu meiner Überraschung konnte ich dem Mann ruhig zuhören. Ich war zuversichtlich, ihn ohne große Schwierigkeiten wieder loszuwerden. Dennoch mied ich seinen Blick und wählte, immer wieder den Kopf schüttelnd, meine Worte mit Bedacht.

»Das ist ja furchtbar, aber warum beschäftigt sich die Polizei mit solchen Dingen? Entschuldigen Sie bitte meine Frage. Nein, ich habe keine Ahnung, was da passiert sein könnte, tut mir leid. Aber wenn ich behilflich sein kann?«

»Wissen Sie, wir ermitteln ja nicht wegen der Katze«, sagte der Mann und lachte plötzlich. »Wir ermitteln wegen der Kugel, die wir in ihrem Körper gefunden haben. Da liegt das Problem. Was für ein Kaliber! 357er Magnum, hat richtig Wucht. Außerdem ist dieses Kaliber in Japan kaum verbreitet. Weil der Täter nach wie vor im Besitz der Waffe sein muss, ist das eine ernsthafte Angelegenheit. Und in einer so ruhigen Wohngegend … Finden Sie es immer noch komisch, wenn die Polizei aktiv wird?«

»Nein, jetzt verstehe ich. Das ist ja schlimm. Ich hoffe, Sie erwischen den Täter bald.«

Eine ungläubig-überraschte Miene aufsetzend, schaute ich dem Mann direkt in die Augen. Jeder, der hierzulande von einer Waffe hört, wäre überrascht gewesen. Ich sah ihm an, wie er jede Regung meines Gesichts zu ergründen versuchte. Als er sich dessen bewusst wurde, lächelte er beinahe entschuldigend, aber mir schien das alles gespielt. Der Polizist schien überzeugt, dass ich mit der Sache etwas zu tun hatte. Mir wurde mulmig, aber ich ließ mir nichts anmerken und tat, als interessierte mich nicht groß, was er als Nächstes sagen würde.

»Haben Sie eine weiße Jacke?«

»Was … meinen Sie?«

»Wie ich gesagt hab, eine weiße Jacke, etwa hüftlang. Haben Sie so eine?«

»Ja, hab ich, aber …« Mein Herz schlug schwer und heftig.

»Es gibt da jemand, der in jener Nacht lautes Knallen gehört hat, wie Schüsse. Das Datum stimmt mit dem vermutlichen Todeszeitpunkt der Katze überein. Und jemand anderer hat in der Nähe des Parks einen jungen Mann in weißer Jacke rennen sehen. Der Augenzeuge arbeitet in einem 24-Stunden-Shop. Niemand trage eine solche Jacke zum Joggen, meint er. Und auch sonst sei ihm der junge Mann seltsam vorgekommen. Er sei gerannt, als wäre er in einem Glücksrausch. Es spricht also einiges dafür, dass Sie –«

»Woher kennen Sie meine Adresse?«

»Der Shop, in dem der Augenzeuge arbeitet, hat auch einen Paket-Zustelldienst. Sie haben dort einmal Ihren Eltern einen Bilderrahmen zuschicken wollen. Vielleicht zu einem besonderen Anlass? Was für ein vorbildlicher Sohn! Name und Adresse des Absenders müssen mit angegeben werden. Der Shop behält immer einen Durchschlag für den Fall, dass etwas schiefgeht. Durch ein Missgeschick des Verkäufers ging der Rahmen kaputt, aber Sie – und das hat mich ein wenig erstaunt, als ich es hörte – sind offenbar nicht wütend geworden, haben nicht mal ärgerlich geschaut. Auch eine Entschädigung haben Sie nicht verlangt, gar nichts. Der Augenzeuge ist jener Verkäufer, der Ihren Rahmen hat fallen lassen. Er erinnert sich gut an die Geschichte. Und er sagt, dass Sie immer noch in den Laden kommen würden … Der Verkäufer weiß, wer Sie sind, und er weiß auch, was Sie normalerweise anziehen.«

Diesmal war sein Lächeln anders als vorher. Es

kostete mich zunehmend Mühe, Ruhe zu bewahren. Doch all das reichte gewiss nicht, um mich mit dem Revolver in Verbindung zu bringen.

»Ah, wann war das, als auf die Katze geschossen wurde? Stimmt, neulich bin ich gerannt. Ich wollte schnell nach Hause.«

»Ach ja? Wieso denn?«

»Muss ich Ihnen das sagen?«

»Jede Information ist wichtig für uns.«

Ich überlegte kurz und sagte dann: »In meiner Wohnung wartete ein Mädchen auf mich. Sie hatte Abendessen gemacht, aber ich war spät dran.«

Der Mann schien meinen Worten kaum Beachtung zu schenken – was mich überraschte, schließlich hatte er gefragt, warum ich gerannt sei.

»Ach so, ich verstehe«, sagte er. »Aber … darum geht es mir gar nicht. Wirklich nicht. Aber vielleicht können Sie mir etwas anderes erklären. Ich krieg es einfach nicht aus dem Kopf. Als Sie gerannt sind, hatten Sie die rechte Hand in der Jackentasche. Ich frage mich, warum. So rennt doch keiner, oder? Und was hat Sie so glücklich gemacht? Der Verkäufer hat das wirklich gesagt. Dass Sie vor Freude wie berauscht gewesen seien. Und sich den Schweiß abgewischt hätten.«

Der Mann verstummte. Ich musste etwas sagen.

»Was ist daran so ungewöhnlich? So genau erinnere ich mich gar nicht mehr, aber wahrscheinlich hab ich gelacht, weil ich an irgendwas Lustiges gedacht habe. Und geschwitzt habe ich, weil ich gerannt bin. Also, ich weiß nicht, was das soll. Und was die Hand betrifft – auch daran erinnere ich mich nicht, aber sicher hatte ich etwas in der Tasche, das nicht rausfallen sollte, mein Handy oder so. Ich bin echt überfragt.«

Während ich redete, zündete sich der Mann eine Zigarette an. Er hatte offenbar nicht vor, unser Gespräch so schnell zu beenden.

»Ich hab jetzt keine Zeit«, sagte ich, aber er ignorierte es und murmelte vor sich hin: »Klar, logisch.« An mich gewandt, sagte er: »Müssen wir das unbedingt hier besprechen? Es kann uns ja jeder sehen. Darf ich nicht ein paar Minütchen reinkommen? Entschuldigen Sie bitte, mir wird langsam kalt.«

»Nein, tut mir leid. Es sieht ziemlich unordentlich aus, und ich möchte auch nicht einfach einen Fremden reinlassen. Dafür haben Sie sicher Verständnis.«

»Sehen Sie, ich bin Kriminalbeamter. Ich werde Ihnen nichts stehlen.«

»Das glaube ich gern, aber es ist mir einfach unangenehm. Und ich finde es unhöflich, sich unter einem derart fragwürdigen Vorwand Zugang zu einer Wohnung zu verschaffen. Und wie die meisten

Leute bin ich nicht besonders scharf darauf, mit der Polizei zu tun zu haben. Also, würden Sie mich nun bitte in Ruhe lassen? Das nervt.«

»Ah, ich verstehe. Sie gestatten mir noch eine letzte Bemerkung?« Er nahm einen tiefen Zug von seiner Zigarette. »In einer solchen Situation würde ich normalerweise aufgeben und mich verabschieden. Wenn mein Gegenüber verärgert ist, wird alles noch schwieriger. Aber diesmal ist es etwas anderes. Weil es um einen Revolver geht und wir keine Zeit zu verlieren haben. Wir dürfen nicht bis morgen zuwarten. Innerhalb eines Tages kann viel Schlimmes passieren, das ist leider die Wahrheit. Solche Fälle habe ich zu oft erlebt, und ich möchte im Nachhinein nichts bereuen müssen. Sie haben vom Mord am Arakawa gehört, oder?«

»Was?«

»Von dem Mann, der am Fluss tot aufgefunden worden ist. Sie kennen die Geschichte, ja?«

Unter seinem Blick fiel es mir immer schwerer, meine Nervosität unter Kontrolle zu halten. Ich versuchte, meinem Gesicht den Ausdruck zu verleihen, als würde ich mich an etwas zu erinnern versuchen, dann schaute ich verwirrt, als wüsste ich nicht, wovon er redet.

»Ich hab es im Fernsehen gesehen, aber was hat das denn jetzt damit –«

»Die Kugel im Kopf des Mannes und die, die wir im Körper der Katze gefunden haben, sind vom gleichen Kaliber.«

»Ach wirklich? Das heißt, Sie denken – Jemand soll diese Katze ermordet haben?«

»Bitte, hören Sie mir zu. Ich bin gleich fertig.« Der Mann ließ den Stummel auf den Boden fallen, trat ihn aus und zündete sich eine neue Zigarette an. Er beobachtete mich noch immer. Dass er plötzlich die Arakawa-Geschichte erwähnte, war wohl von Anfang an seine Absicht gewesen.

»Was meinen Sie, wollen wir nicht in ein Café gehen? Ich bezweifle, dass Sie für eine Vernehmung mitkommen würden, selbst wenn es freiwillig ist. Es wäre übrigens auch von meiner Seite her ungünstig. Aber wenn Sie sich jetzt weigern, mit mir zu reden, dann werde ich morgen wiederkommen und auch zu Ihrer Uni gehen. Es wäre am einfachsten, Sie würden sich jetzt etwas entgegenkommend zeigen.« Und ohne meine Antwort abzuwarten, fuhr er fort: »Ich warte hier ein paar Minuten, bis Sie sich angekleidet haben.«

Es blieb mir nichts anderes übrig, als mich dem Kriminalbeamten zu fügen. Ich spürte ein fast unbändiges Verlangen, ihn mit dem Revolver niederzuschießen, aber natürlich wusste ich genau, wie mein Leben dann enden würde. Ich schloss die Tür und versteckte den Revolver in der Tiefe eines Schranks für den Fall, dass etwas passieren sollte. Wenn jemand die Wohnung durchsuchte, würde man ihn schnell finden, das war mir klar, aber die Zeit drängte. Wenigstens hatte der Mann noch keinen ausreichenden Verdacht, dass ich den Revolver besaß. Und solange es diesen Verdacht nicht gab, war eine Durchsuchung der Wohnung nicht zu erwarten. Überhaupt – wie sollte der Mann mir etwas beweisen können? Wenn die dürftige Aussage jenes Augenzeugen alles war, was man gegen mich vorbringen konnte, dann hatte die Polizei noch einen weiten Weg vor sich. Einen Weg, der meiner Einschätzung nach ins Leere führen musste.

Im Café bestellte der Mann zwei Kaffee und zündete sich zufrieden lächelnd eine Zigarette an. Seine ganze Art hatte etwas aufreizend Unangenehmes, was in meiner Situation wenig verwunderte, aber ich bezweifelte, dass er mir unter anderen Umständen sympathisch gewesen wäre.

»Äh, Ihren Ausweis … Würden Sie ihn mir bitte noch einmal zeigen?«

»Wie? Warum denn?«

»Entschuldigen Sie, aber ich möchte nur sicher sein, dass Sie wirklich Kriminalbeamter sind. Als Sie da vor meiner Tür standen, habe ich mich die ganze Zeit gefragt, ob Sie nicht ein Betrüger sind oder einer, der mir irgendwas andrehen will. Ihr Verdacht ist mehr als fadenscheinig.«

Er lächelte eisern, wirkte aber etwas gereizt. Meine Worte, mit denen ich Terrain zurückgewinnen wollte, schienen die erhoffte Wirkung zu zeigen. Er klappte die Hülle auf und zeigte mir seinen Ausweis mit Foto und Polizeistern. Da ich nichts zu schreiben hatte, um den Namen zu notieren, bat ich die Bedienung um einen Bleistift.

»Warum machen Sie das?«

»Ach, nur als Vorsichtsmaßnahme. Falls man mich ungerecht behandelt. Das wäre doch schade.«

»So ist das ...« Er verzog das Gesicht, als er an seiner Zigarette zog. »Gut, warum fangen wir nicht neu an? Ich werde aufhören, um den heißen Brei herumzureden, und Ihnen die Wahrheit sagen.« Er zog wieder an der Zigarette. Ich mimte den gedankenverlorenen, desinteressierten Zuhörer und schaute auf die Uhr an der Wand. »Um es gleich vorwegzunehmen: Wir haben im Körper der toten Katze keine Kugel gefunden. Ich wollte sehen, wie Sie reagieren, deswegen die Lüge. Aber es stimmt tatsächlich, dass man Schüsse gehört hat, dass die Katze grausam zerfetzt war, dass der Verkäufer Sie gesehen hat. Wir wissen aber nicht, ob die Katze durch eine Schusswaffe umgekommen ist, leider, denn sie ist vom Gesundheitsamt bereits verbrannt worden. Eine Kugel kommt da nicht mehr zum Vorschein. Wir werden es also nie wissen. Und was den Mordfall am Arakawa betrifft ... Nun ja, in diesem Fall leite ich eine sehr kleine Ermittlungskommission, aber wir gehen davon aus, dass ein Yakuza-Clan die Finger im Spiel hat. Einige Verdächtige haben wir übrigens schon festgenommen.«

»Schön für Sie. Ich bin Student. Das alles hat rein gar nichts mit mir zu tun.«

»Hören Sie weiter.« Er nahm einen Schluck von dem Kaffee, den die Bedienung uns gebracht hatte. »Ich ... Von Anfang an habe ich gedacht, dass dieser Vorfall am Arakawa ein Suizid war. Selbstmord. Klar, ich war der Einzige, der das dachte, aber die Leiche, wie sie dalag ... unnatürlich für jemanden, der erschossen worden sein sollte. Meistens trifft es die Mordopfer in der Brust, mit mehreren Schüssen. Normalerweise. Aber der Mann kam durch einen Schuss in die Schläfe ums Leben, einen einzigen Schuss in die rechte Schläfe. Außerdem vermuten wir den Todeszeitpunkt zwischen sechs und zehn Uhr abends. Um diese Zeit ist es bereits dunkel. Und so geschickt, jemanden im Dunkeln aus der Distanz mit *einem* Schuss in die Schläfe zu töten, ist keiner von diesen halbstarken Yakuza-Gangstern, die solche Jobs gerne erledigen. Das müsste auch meinen Kollegen klarwerden. Gewiss, die übliche Vorstellung von Mord – der Täter hält dem verängstigten Opfer den Lauf an die Schläfe und drückt ab – ist nicht ganz auszuschließen, aber diese Kerle von der Yakuza töten nun mal nicht so theatralisch wie im Fernsehen. Eine solche Leiche habe ich noch nie gesehen. Meist sieht es am Tatort schrecklich aus, weil blindwütig drauflosgeschossen wird, ohne die lebenswichtigen Organe zu treffen, und die Opfer sterben einen qualvollen, langsamen Tod. Man kann es an den Spuren erkennen, wie sie sich im Todeskampf gewunden und noch ein paar Meter weit geschleppt haben. Sie hinterlassen nie – das klingt jetzt vielleicht komisch – einen so schönen, sauberen Tatort wie unser Mann am Arakawa, weil es bis zu ihrem letzten Atemzug eine ganze Weile dauert.«

Während dieses Monologs hatte er mich die ganze Zeit angeschaut, und auch wenn ich weggeschaut hatte, machte mich sein Blick dennoch nervös. Verzweifelt versuchte ich abzuschätzen, worauf er hinauswollte. Um die wachsende Anspannung im Zaun zu halten, klammerte ich mich an meine Kaffeetasse und zog gierig an der Zigarette.

»Und es gibt noch etwas, das mich stutzig macht: Die Blutspritzer, die wir an den Fingern seiner rechten Hand gefunden haben. Es waren nur ganz wenige. Natürlich können die auch zufällig dorthin gelangt sein, aber spätestens dann war ich sicher, dass er sich selber umgebracht hatte. Bis dahin war es lediglich mein Instinkt gewesen, aber nun tauchte vor meinen Augen die Szene auf, wie er mit der rechten Hand den Lauf seiner Waffe an die Schläfe hält … Tja, sobald etwas auch nur entfernt nach Yakuza riecht, ermittelt die Polizei sofort nur noch in diese Richtung. Man könnte es fast eine Manie nennen. Bei einem kleinen Vorfall wie am Arakawa und einem entsprechend kleinen Ermittlerteam wird das besonders deutlich. Aber ich sehe es so: Der Mann hat Selbstmord begangen, und dann kam jemand zufällig an den Tatort. Ja, durch reinen Zufall. Dieser ganz gewöhnliche Jemand stieß auf den Toten und schnappte sich die Tatwaffe, die dort lag. Voilà, meine Version des Geschehens. Auf beiden Seiten des Flusses gibt es Wohnhäuser. Vermutlich lebt die Person irgendwo in der Nähe, dachte ich. Und wenig später platzt die Nachricht herein, dass jemand Schüsse gehört habe und in der gleichen Gegend der grausam zugerichtete Körper einer Katze gefunden worden sei. Offensichtlich die Tat eines Menschen. Meine Überlegung war sofort: Wenn einer die Waffe hat mitgehen lassen, dann wird er sie erst mal an einem Tier ausprobieren, bevor – Ich war überzeugt, dass ich mit meiner Version richtiglag. Ehrlich gesagt, wurde ich sogar ein wenig euphorisch.«

Er lachte, aber das jähe Geräusch ließ mich innerlich erschauern. Erst jetzt merkte ich, dass ich eine Zigarette nach der anderen rauchte und den Kaffee bereits ausgetrunken hatte.

»Und dann der Augenzeugenbericht! Ein junger Mann – ich hatte einen jungen Mann erwartet – rennt mit einer Hand in der Tasche und mit verzücktem Blick durch die Nacht. Ausgerechnet in der Nähe des Parks, wo man die tote Katze gefunden hat, und etwa um die Uhrzeit, zu der Schüsse gehört worden waren. Und dieser junge Mann ist dann auch noch einer, der vollkommen ungerührt bleibt, wenn sein Geschenk an die Eltern kaputtgeht, rennt aber freudestrahlend – na, was denken Sie? Mein Gedankenspiel ist nicht so abwegig, oder? Im Gegenteil. Ich finde es interessant, nein, hochinteressant.«

Ich wartete darauf, was er als Nächstes sagen würde, aber er sagte nichts. Den Kopf schüttelnd und mit betont gelangweilter Miene drückte ich meine Zigarette aus.

»Nichts als Spekulation. Sie reimen sich da irgendwas zusammen, aber der Einzige, der daran glaubt, sind Sie selbst. Also bitte … Ich habe mir das jetzt lange genug angehört. Sie haben nicht den kleinsten Beweis, oder? Wollen mir auf Teufel komm raus etwas anhängen, mit nichts als Mutmaßungen! Darf ich jetzt nach Hause gehen? Wenn Sie mich weiter belästigen, werde ich die Polizei rufen.«

»Auf Teufel komm raus?«, sagte er und lächelte.

»So ist es.«

»Aber alles beginnt mit Mutmaßungen, wenn man einen Fall lösen muss.«

»Aber Sie brauchen doch Beweise! Beweise, die jeden überzeugen. Erstens wissen Sie gar nicht, ob die Katze mit einer Schusswaffe getötet wurde. Sie glauben es einfach nur. Und die Schüsse – da kann sich auch jemand getäuscht haben. Jedenfalls beweist das noch nichts. Es gibt keinen stichhaltigen Grund, mich zu verdächtigen. Lächerlich!«

»Sie haben recht, es ist erst einmal nur eine Vermutung. Aber uns genügen Vermutungen. Beweise ergeben sich später. Abgesehen davon – wir haben schon einen Beweis.«

»Was?«

»Wir haben einen Beweis.«

»Dann sagen Sie mir doch bitte, was für einen.«

»Sie selbst. Ihr Verhalten. Sie haben die Schusswaffe. Davon bin ich hundertprozentig überzeugt.« Er grinste breit. »Zuerst habe ich mir jemanden vorgestellt, der sich wie ein Hikikomori einigelt und kaum mehr aus dem Haus geht. Oft sind solche

Sonderlinge geradezu vernarrt in Waffen. Aber Sie sind anders. Sie legen Wert auf Kleidung, leihen sich keine perversen, gewaltverherrlichenden DVDs aus, und gemäß dem Verkäufer vom 24-Stunden-Shop sind Sie äußerst höflich und haben Umgang mit Frauen, mit mehr als nur einer. Und wie mir unser Gespräch zeigt, können Sie sich durchsetzen. Wie Sie versucht haben, mich zu verunsichern – chapeau! Aber es macht Sie nur noch verdächtiger. Wie jemand, der so dumm ist, eine Katze zu töten. In Wahrheit – Sie werden vielleicht wütend, wenn ich es Ihnen sage – habe ich Sie zu Hause nur besucht, um mich noch einmal zu vergewissern. Ich sagte, ich wäre schon längst überzeugt gewesen. Tatsache ist aber auch, dass ich später nichts bereuen will. Das ist meine Art zu ermitteln, jeden Zweifel an jedem noch so kleinen Detail aus dem Weg zu räumen. Zwar war ich mir sicher, dass jemand die Waffe an sich genommen haben musste, aber ich war mir nicht sicher, ob meine Vermutungen über diese Person voll und ganz zutrafen. Sie haben es ja selbst gesagt, meine Argumentation hat den einen oder anderen Haken.«

»Okay, dann kann ich jetzt gehen?«

»Nein, warten Sie. Sie waren dermaßen interessiert, mehr über diesen Fall zu erfahren. Sie gaben das Gegenteil vor, doch in Wahrheit wollten Sie unbedingt hören, was ich wusste. Als ich mich als Kriminalbeamter auswies, habe ich Sie überrumpelt, oder etwa nicht? Wie in Schockstarre standen Sie da. Natürlich, jeder wäre erschrocken, wenn plötzlich die Polizei vor der Tür steht. Aber Sie haben versucht, Ihren Schreck zu verbergen. Müssten Sie das, wenn Sie ein reines Gewissen hätten? Sie sind anders, als ich zunächst gedacht habe, aber wie ich so mit Ihnen rede, glaube ich sehr wohl, dass Sie fähig sind, auf eine Katze zu schießen. Nennen Sie es Intuition oder auch Erfahrung, wie Sie wollen. Damit treffe ich eigentlich immer ins Schwarze. Sie sind ein seltsamer Mensch. Bestimmt haben Sie die Katze aus einem jähen Impuls heraus erschossen. Sehe ich das richtig? Alles, was Sie mir gesagt haben, klingt so überlegt und begründet. Aber das ist mehr Schein als Sein. Reiner Bluff.«

Wieder zeigte er sein provozierendes breites Grinsen.

»Aber Sie haben nach wie vor keinen Beweis, oder? Man kann Ihr Gerede nicht Beweis nennen.«

»Stimmt. Das gebe ich zu. Ich habe keinen einzigen Beweis. Oder besser gesagt, es ist schwierig, unter diesen Umständen einen zu erbringen. Schon die ganze Zeit reden Sie von Beweisen. Wissen Sie, es sind meistens die Schuldigen, die sich derart für Beweise interessieren.«

Die Bedienung kam und räumte meine Kaffeetasse ab. Den überquellenden Aschenbecher ersetzte sie durch einen neuen. Ohne mich zu fragen, bestellte der Mann noch einmal zwei Kaffee.

»Die Ermittlungen zum Arakawa-Fall werden wohl eingestellt. Die Verdächtigen, die wir festgenommen haben, müssen wir entweder aus Mangel an Beweisen wieder freilassen, oder wir sperren sie wegen irgendwelcher anderer Straftaten ein. Mit etwas Glück kommen wir sogar einer bisher unbekannten Drogen-Connection auf die Spur. Doch das Problem ist jetzt die Waffe, Ihr kostbarer Fund. Wie Sie schon angedeutet haben, ist meine Vermutung etwas verwegen, so dass mir mein Vorgesetzter kaum Gehör schenkt. Und die besagten Schüsse wird man, ganz in Ihrem Sinn, wohl auch als Einbildung oder Sinnestäuschung abtun. Es hatte sich nur eine einzige Person gemeldet, und da das Tier entsorgt worden ist ... Bliebe noch, nach der Kugel zu suchen, aber das wäre aussichtslos. Sie wissen, Kugeln fliegen ziemlich weit. Selbst wenn sie den Körper einer Katze durchbohrt, hat sie noch viel kinetische Energie. Um nach solch einer Kugel zu suchen, müsste man die Umgebung absperren und einen ganzen Trupp von Leuten losschicken. All das braucht Zeit und Geduld. Ist ja ein winziges Ding. Auch ein Hund könnte die Kugel verschluckt oder ein Kind sie gefunden und mitgenommen haben. Dann wäre die Sache gelaufen. Aber das kümmert mich nicht; ich habe ja schon längst Sie im Visier. Pech für Sie, dass ich Ihnen nun die ganze Zeit auf die Finger schaue. Die Wahrscheinlichkeit, dass wir einen Beweis finden, ist zwar nicht sehr groß, dennoch kann ich den Fall nicht einfach ad acta legen. Es führt vielleicht etwas weit, aber Kriminalbeamter zu sein ist ein anspruchsvoller und anstrengender Job. Sie können sich das gar nicht vorstellen. Aus dem Grund wäre es einfacher, geduldig zuzuwarten, bis Sie sich von alleine ans Messer liefern. Nur ist es dann leider zu spät. Falls noch Patronen übrig sind – wahrscheinlich eine oder zwei? Damit werden Sie nicht mehr auf eine Katze schießen, sondern auf einen Menschen. Und in diesem Moment habe ich Sie. Aber wie gesagt, dann ist es zu spät. Ich muss vorher etwas tun. So ist es doch, oder? Sie denken daran, als Nächstes auf einen Menschen zu schießen.«

»Wie bitte?«, sagte ich mit leicht zitternder Stimme.

»Sie denken daran, als nächstes auf einen Menschen zu schießen, nicht wahr?«

Er blickte mich mit einem Ernst an, den ich bei ihm noch nicht gesehen hatte. Mir war, als hätte er mich bis ins Innerste durchschaut. Mein Herz begann zu flattern.

»Was ich Ihnen jetzt sage, ist zu Ihrem Besten: Geben Sie bitte die Waffe her, jetzt. Natürlich können Sie jemanden abknallen, aber dann landen Sie todsicher im Knast. Weil es mich gibt und ich sicher an Sie denken werde, falls die Kugel identisch mit der vom Arakawa ist … Aber Sie werden mit der Waffe nicht herausrücken. Niemand mag es, in Handschellen abgeführt zu werden. Dann sollten Sie das Ding aber so schnell wie möglich entsorgen. An einem Ort, wo keiner sie findet. Zum Beispiel Müllsammelstellen in großen Parks. Zerlegen Sie die Waffe in ihre Einzelteile, und werfen Sie die zusammen mit anderem Krimskrams weg. Problem beseitigt. Sie sind noch jung. Ich will Sie nicht mit Ratschlägen belästigen, aber lohnt es wirklich, für ein wenig Nervenkitzel alles zu zerstören? Wenn Sie schießen, werden wir Sie kriegen. Denken Sie bitte daran. Und noch etwas. Wer jemanden tötet, so sagt man, der verliert seinen Sinn für Vernunft, seinen Verstand. Das soll jetzt keine Lektion in Ethik oder gar eine Moralpredigt sein, nur eine Warnung. Klar, es hängt auch von der Art und Weise ab, wie man tötet, aber viele Mörder sagen, sie würden Nacht für Nacht von Alpträumen geplagt. Sie sind noch jung. Sie wollen doch nicht etwas tun, was den Rest Ihres Lebens zu einem einzigen schrecklichen Alptraum macht? Das können Sie doch nicht wollen.«

Er schwieg einen Moment. »Mehr gibt es im Moment nicht zu sagen. Aber ich komme wieder, ja?«

Das Angebot des Kriminalbeamten, mich zu begleiten, schlug ich aus und machte mich allein auf den Heimweg. Noch immer flatterte mein Herz. Aufgewühlt, wie ich war, konnte ich nichts mehr denken. Zu Hause zündete ich mir eine weitere Zigarette an, um etwas zur Ruhe zu kommen. Aber mir wurde übel – wohl weil ich schon zu viel geraucht hatte –, und ich musste mich auf der Toilette übergeben.

13

Die folgenden Tage verbrachte ich vor allem damit, mir über eine Frage Gedanken zu machen. Würde man mich wirklich drankriegen, wenn ich das nächste Mal mit dem Revolver schoss? Ich verließ meine Wohnung nur noch selten und ging nicht mehr ans Telefon. Ich schlief wenig. Polierte wieder und wieder den Revolver, machte kaum mehr etwas anderes.

Meine Schlussfolgerung war: Man würde mich nicht drankriegen. Die Schusswaffe vom Arakawa mit mir in Verbindung zu bringen war reine Spekulation, und solange es dabei blieb, konnte die Polizei mich aufgrund des ersten Vorfalls nicht für einen allfälligen zweiten verantwortlich machen. Angenommen, im Körper des zweiten Opfers würde ein ähnliches Projektil wie beim Toten am Arakawa gefunden werden – vielleicht wäre es möglich, die beiden Vorfälle miteinander zu verknüpfen, nicht aber mit mir. Wenn mich am Tatort niemand gesehen hatte und ich den Revolver vorübergehend verschwinden ließ, würde ich schon heil davonkommen. Daran konnte auch der Verdacht des Kriminalbeamten nichts ändern. Ich ahnte, dass irgendwo ein Denkfehler sein musste, wollte aber nicht weiter grübeln und mich von den endlosen, sich im Kreis drehenden Gedanken befreien. Das Gefühl innerer Anspannung legte sich jedoch nicht und wurde zu meinem steten Begleiter.

Das Metall des Revolvers, sein dunkler silberner Glanz schmeichelte meinen Augen, rief nach mir. Zumindest empfand ich es so. In der Wohnung nebenan hörte ich die Frau kreischen. In unregelmäßigen Abständen schlug etwas gegen die Wand, begleitet von kurzen Schreien. Ich versuchte mich abzulenken, indem ich Musik anmachte. Dennoch spitzte ich die Ohren, lauschte, ich weiß nicht, warum, mehr dem Radau als der Musik.

Einmal rief Yūko Yoshikawa an. Wahrscheinlich hatte sie es schon mehrmals versucht. Ich bemerkte es nur deswegen, weil mein Handy gerade in der Nähe lag. Es war das einzige Mal, dass ich ans Telefon ging. Sie schien in größter Sorge, war ganz aufgelöst. Warum ich ihre Anrufe nicht entgegengenommen hätte? Und warum ich sie nicht zurückgerufen hätte?, fragte sie erregt und brach plötzlich in Tränen aus. Ich fühlte mich wie gerettet aus meinen endlosen Gedankenspiralen. Sagte, dass ich sie sehen wolle und gleich zu ihr käme. Ich nahm eine Dusche, zog mich an und verließ die Wohnung. Es war bitterkalt. Am Automaten kaufte ich mir eine Dose heißen Kaffee.

Kaum war ich in ihrer Wohnung, zog ich meinen Mantel aus und näherte mich Yūko, bis ich dicht vor ihr stand. »Ich liebe dich schon seit langem«, sagte ich und strich mit beiden Händen über ihr Gesicht. Es musste sie überrascht haben, denn sie starrte mich mit einem seltsamen Ausdruck in den Augen an. »Was sagst du?«, wiederholte sie mehrmals. Ich sagte ihr, dass sie mir viel bedeute und ich es nicht mehr aushalten würde. Ich versuchte, meinen Mund auf ihre Lippen zu drücken, aber sie wich mir aus. »Wirklich, ich liebe dich schon so lange ...« Ungestüm wollte ich sie aufs Bett ziehen, doch im Gerangel schaffte sie es, mich wegzustoßen. Ich war überrascht, mit welcher Kraft sie sich wehrte. Sie schaute mich an und sagte: »Warum lachst du?« Da ich nicht verstand, was sie meinte, schwieg ich. »Warum lachst du?«, fragte sie erneut und machte ein Gesicht, als würde sie gleich losheulen. Ich schwitzte, aber gelacht hatte ich bestimmt nicht. Konsterniert verließ ich ihre Wohnung. Draußen war es nach wie vor kalt, und wie auf dem Hinweg kaufte ich mir eine Dose mit heißem Kaffee.

Ich versuchte gar nicht erst, den Gedanken, auf einen Menschen zu schießen, abzuschütteln. Dass es passieren würde, und zwar bald, schien mir unumstößlich. Warum, war mir selbst nicht recht klar. Ich war doch ein freier Mensch und sollte fähig sein, mein Handeln einigermaßen im Griff zu haben. Normalerweise tat ich, was ich wollte, und was ich nicht wollte, das tat ich nicht. Aber dieser eine Gedanke stellte sich quer, ging mir einfach nicht mehr aus dem Kopf.

Der Revolver war ein menschengemachter Gegenstand, dem ein bestimmter Zweck sowie, etwas provokativ ausgedrückt, eine bestimmte Philosophie zugrunde lag. Musikinstrumente werden gebaut, um unterschiedliche Töne zu erzeugen. Feuerzeuge sind dafür da, um augenblicklich eine Flamme zu erzeugen. Waffen wurden erfunden, um mühelos Menschen zu töten, und das ist es auch, was die Leute damit verbinden. Ich als Besitzer eines Revolvers war vor solchen Assoziationen natürlich nicht gefeit, und die Vorstellung, auf jemanden zu schießen, war eine logische Folge davon. Doch bevor ich es wirklich tat, musste ich mich bewusst entscheiden: Soll ich? Soll ich nicht? Obschon die Idee des Tötens in der Schusswaffe selbst verkörpert war, hätte ich ihre Bestimmung ignorieren und mich stattdessen an ihrer Schönheit erfreuen können, wie ich es auch lange getan hatte. Aber der Revolver nahm je länger, je mehr Besitz von mir, bis er mich am Ende ganz ausfüllte – eine Entwicklung, die ich bereitwillig hinnahm und mit meiner Liebe zu ihm noch förderte, während ich mir manchmal einbildete, er hasse mich – und das, obwohl er nur ein unbelebtes, mechanisches Ding war. Ich fragte mich immer wieder, ob ich ihm gerecht wurde, ob nicht jemand viel besser zu ihm passte, der kaltblütig und abgebrüht war? Ein Typ wie aus einem Film, der, ohne mit der Wimper zu zucken, einen Menschen abknallt, vollkommen eins mit dem Zweck seiner Waffe? Der Gedanke stimmte mich tieftraurig, und mir schien, als hätte ich zum ersten Mal erfahren, was Eifersucht war und wie es sich anfühlen musste, wenn sich der Partner trotz hingebungsvoller Liebe von einem abwendet. In solchen Momenten wünschte ich mir sehnlichst, dass der Revolver mit mir glücklich werden könnte, egal, was noch passierte.

Mein Wunsch nach Anerkennung war aber noch lange kein Grund, jemanden zu erschießen. Doch dass ich solche Phantasien überhaupt hegte, zeigte, wie sehr es mich beeinflusste. Dennoch war ich weit davon entfernt, es wirklich zu tun, sogar in Gedanken. Zu analysieren ist nicht meine Stärke, und wenn es um mich selbst geht, empfinde ich dabei oft ein Gefühl von Widerwillen oder gar Ekel. Es brauchte Zeit, um mir gedanklich einen Weg durch den Wirrwarr zu bahnen.

Am allermeisten aber quälte mich meine eigene Vorstellung davon, was es bedeutete, einen Menschen zu erschießen. Dass ich überhaupt diese Möglichkeit hatte – einschließlich der Bilder und Gefühle, die meine Phantasie mir dazu lieferte –, bedeutete, dass auf die Theorie irgendwann die Praxis folgen musste, dass sich die Möglichkeit zu einer Tatsache wandeln wollte. Aber ich kam einfach nicht drauf, warum das so war, konnte noch nicht einmal sagen, ob es mein eigenes elementares Verlangen war. Das menschliche Bewusstsein ändert sich stetig, beeinflusst von vielerlei Faktoren. Mehr oder weniger unbewusst ausgeführte alltägliche Handlungen, äußere Einflüsse, gesellschaftliche Regeln und Normen, Wahrnehmungen während unserer Kindheit, Erinnerungen und Erfahrungen, Gruppenzugehörigkeit, zufällig angehäuftes Wissen – die Liste ließe sich beliebig weiterführen. Dass unser Bewusstsein, bedingt durch die Wechselwirkung all dieser Faktoren, seinem Wesen nach von unbeständiger, launenhafter Natur war, hatte ich irgendwann in einem Buch gelesen. Aber wenn ich nicht tatsächlich jemanden erschießen wollte, musste ich der Sache auf den Grund gehen.

Um mein Denken in andere Bahnen zu lenken, versuchte ich, den entgegengesetzten Standpunkt einzunehmen: Warum sollte ich mit dem Revolver nicht jemanden töten dürfen? Es war gar nicht so einfach, auf diese Frage eine Antwort zu geben. Dass die Welt voller Menschen ist, die, ebenso wie ich, das Leben nicht verdienen, dieser Meinung sind wohl die meisten. In Japan hat man sogar per Gesetz die Todesstrafe zu befürchten – was auch immer das über eine Gesellschaft aussagt. Und nicht zuletzt ist die Existenz von Schusswaffen überall auf der Welt eine Selbstverständlichkeit. Wohnte nicht gleich nebenan eine Person, die besser tot gewesen wäre? Das passte. Meine Gedanken schienen auf einmal etwas in Bewegung gesetzt zu haben. Klar, wenn man mich erwischte, würde ich meine Freiheit, mein Leben verlieren, also musste ich mir eben etwas einfallen lassen.

Denn das Wichtigste war, dass durch den Revolver meine Lebensgeister wiedererwacht waren. Seit ich ihn besaß, wurden Glück und Erfüllung immer mehr zu etwas Selbstverständlichem, und ich beobachtete diese Verwandlung mit einem Gefühl von Dankbarkeit, das mich in meinem innersten Wesen erschütterte. Das zu verleugnen hätte bedeutet, mich selbst zu verleugnen. Ich wollte alles auskosten, was mit dem Revolver zu tun hatte, und ihn nicht abzufeuern, obwohl ich die unmittelbare Möglichkeit hatte, hieße, kurz vor dem Ziel zu kapitulieren. Das aber war schlicht keine Option. Ohne den Revolver wäre ich nur noch eine leere Hülle gewesen, und die Vorstellung, auf diese Weise bis ans Ende meiner Tage dahinzuvegetieren, erschien mir wie die reinste Folter. Ein Mensch wird das erreichen, wofür er sich entscheidet. Um Erfüllung zu finden, ist es unerlässlich, mit Leib und Seele für eine Sache zu brennen und sie niemals aus den Augen zu verlieren. Mein Blick war verstellt gewesen, doch jetzt verspürte ich keine Notwendigkeit mehr, mir noch weiter den Kopf zu zerbrechen. Wer immer nur denkt und denkt, fühlt sich am Ende wie gelähmt. Nichtstun jedoch nimmt dem Leben seinen Sinn, falls es überhaupt einen hat. Mit dieser Erkenntnis öffnete sich mir eine Tür, und so begann ich, konkret zu überlegen, wann und wie ich den Schuss abfeuern würde. Ich fühlte mich, als wäre mir eine schwere Last vom Herzen genommen.

14

Von nun an beobachtete ich die Frau von nebenan heimlich und fand heraus, wie sie im Wesentlichen ihre Zeit verbrachte. Tagsüber blieb sie in der Wohnung, nachts arbeitete sie in einer Art Snack-Bar. Donnerstags und dienstags hatte sie frei, wobei sie an Dienstagen manchmal arbeitete. Um fünf Uhr früh kam sie nach Hause, und wenn sie ab und zu in Begleitung eines Mannes war, musste ihr Kind nach draußen. Sie ging auf die dreißig zu, war schlank, mit braungefärbtem Haar und Augen, die leicht schräg waren wie bei einer Katze. Meistens ging sie in auffallenden, knalligen Kleidern zur Arbeit, aber an ihren freien Tagen trug sie gern Trainingsanzüge, die bei Teenagern angesagt waren. Plötzlich erinnerte ich mich wieder an den Moment, als mir zum ersten Mal der Gedanke gekommen war, mit dem Revolver auf jemanden zu schießen, und dass ich damals unwillkürlich an eine junge Frau gedacht hatte; als sei alles schon von Anfang an vorbestimmt und entschieden gewesen, als sei ich nur dem Lauf der Dinge, der Logik des Revolvers gefolgt. Die Frau arbeitete im Itabashi-Bezirk, aber für Einkäufe ging sie oft in einen Supermarkt, der an der Grenze zur benachbarten Präfektur Saitama lag. Die genaue Adresse des Supermarktes fand sich auf einem Kassenzettel. Ich wusste, dass die Zuständigkeit der Polizei je nach Präfektur wechselte, und kam so auf die Idee, die Frau im Gebiet von Saitama zu erschießen. Das müsste die Polizei verwirren. Bis sie den Mann am Arakawa in Itabashi und die Frau in Saitama in Verbindung brachte, würde Zeit vergehen. Vielleicht nicht viel, aber immerhin. Jedenfalls hatte ich das Gefühl, dass es sich lohnte, auch wenn der Täuschungsversuch lächerlich erscheinen mochte.

Die Frau ging meist donnerstag-, manchmal auch dienstagabends zwischen acht und neun Uhr zum Supermarkt. Zu der Stunde war es bereits dunkel – perfektes Timing, dachte ich und fing an, mein Vorhaben sorgfältig zu planen, kundschaftete die Umgebung des Supermarktes aus, um den idealen Tatort zu finden, überlegte mir die Fluchtroute. In einem nahegelegenen Geschäft kaufte ich mir eine schwarze Jacke und hängte sie zu Hause auf einen Bügel. Das Schwarz würde in der Nacht kaum auffallen, was eine unabdingbare Voraussetzung war. Zudem war die Jacke innen weiß und konnte beidseitig getragen werden. Die Vorstellung, sie nach der Tat oder während der Flucht einfach zu wenden, gefiel mir. Zusammen mit der Jacke kaufte ich teure schwarze Lederhandschuhe, die ich eigentlich gar nicht brauchte. Aber sie gaben der Sache noch einen zusätzlichen Kick.

Ich legte die Handschuhe und den Revolver auf den Tisch, betrachtete die schwarze Jacke auf dem Bügel. Anlässlich der bestandenen Uni-Aufnahmeprüfung hatte meine Mutter mir einmal, neben anderen Dingen, eine kleine Taschenlampe geschenkt. Erst vor wenigen Tagen hatte ich sie aus einem Umzugskarton herausgefischt. Auch die legte ich nun zu den Sachen auf dem Tisch. All diese Dinge ließen keinen Zweifel daran, dass ich ein Krimineller war. Manchmal war es ein gutes Gefühl, manchmal nicht. Doch diese kapriziösen Stimmungsschwankungen machten mir nichts mehr aus. Vielmehr betrachtete ich sie als normale, ja notwendige Begleiterscheinung. Alles, was zählte, war der Erfolg meines Plans.

Das Mädchen rief an und lud mich ein, zu ihr zu kommen. Okay, sagte ich. Eigentlich hätte ich lieber abgelehnt, aber die Antwort entschlüpfte mir unwillkürlich. Ich nahm eine Dusche, rauchte zwei Zigaretten und zog mich an.

Draußen verspürte ich leichten Schwindel. Erst

nachdem ich schon eine Weile gelaufen war, merkte ich, dass ich die ganze Zeit auf die Spitze eines in der Ferne aufragenden Strommasten gestarrt hatte. Ich nahm einen Zug von meiner Zigarette, warf sie zu Boden und zündete mir eine neue an. Das tat ich im Gehen wieder und wieder. Einige Passanten warfen mir befremdete Blicke zu. Ein plötzlich wie aus dem Nichts auftauchendes Fahrrad erschreckte mich so sehr, dass mir einen Moment lang schwarz vor Augen wurde und ich beinahe umgekippt wäre. In letzter Zeit erschreckten mich selbst Kleinigkeiten. Wenn ein Telefon klingelte oder jemand an die Tür klopfte, zuckte ich zusammen, und im Zug wanderte mein Blick unruhig hin und her, wie aus einem übersteigerten Bedürfnis, alles unter Kontrolle zu haben. Jetzt starrte ich auf das Fenster mir gegenüber, angespannt, als würde ich von etwas bedroht, und wartete auf meine Station.

Kaum bei ihr, drängte ich sie zum Bett. Lachend sagte sie, ich solle kurz warten. Also wartete ich. Es war mir egal. Durstig ging ich in die Küche und trank eine Cola aus dem Kühlschrank. Dann entschuldigte ich mich etwas betreten für meine Eigenmächtigkeit. Das Mädchen antwortete, es würde ihr überhaupt nichts ausmachen, oder etwas Ähnliches, ich hörte gar nicht richtig hin. Auf einmal fragte sie ganz ernst, ob alles in Ordnung sei, und ich war plötzlich gereizt. Ich spürte, wie die Begierde mich packte, stieß das Mädchen wild entschlossen aufs Bett, zog ihr die Kleider aus und fuhr mit meinen Lippen über ihren Körper. Sie lachte, sagte: »Widerstand wohl zwecklos«, und ließ mich machen. Irgendwann schweiften meine Gedanken ab. Als ich es bemerkte, hatte ich schon vergessen, was mir durch den Kopf gegangen war. Ich fummelte an ihrem Geschlecht herum. Wie lange ich das schon machte, wusste ich nicht, nur, dass ich geistesabwesend meine Finger bewegte und dabei auf ihr Geschlecht starrte. Während sie stöhnte, zog sich ihr Körper mehrmals krampfartig zusammen, und als ich daraufhin meine Finger immer heftiger in ihr bewegte, wurde ihr inzwischen gequält klingendes Stöhnen so laut, dass die Nachbarn es hören mussten. Das Mädchen wand sich, ihr Körper zuckte, und fast flehend sagte sie: »Hör auf, genug jetzt!« Es kümmerte mich nicht. Ich umklammerte ein Bein, so dass sie ihr Becken nicht mehr bewegen konnte, und wühlte mit meinen Fingern tief in ihrem Geschlecht herum. »Hör auf! Hör auf!«, schrie sie, und ihre hohe, heisere Stimme erinnerte mich plötzlich an jene schwarze Katze im Park. Ich machte hartnäckig weiter, aber da rebellierte sie und stieß mich mit aller Kraft von sich weg. Dass das Mädchen sich so heftig wehrte, war zu erwarten gewesen, und dennoch überraschte es mich. Sie atmete heftig und schwitzte, ihre Schultern hoben und senkten sich. »Du Perverser«, keuchte sie. Ohne den geringsten Widerstand drang das Wort in mich ein. Es fühlte sich an, als wäre ich festgenagelt worden, als hätte jemand zum ersten Mal den Finger auf den wunden Punkt gelegt. Ich musste grinsen und verließ schnell die Wohnung.

Danach streunte ich nahe der Präfekturgrenze herum und kundschaftete die Umgebung aus. Vor dem Supermarkt war eine breite Straße, an der Seite befanden sich kleine Kneipen und ein 24-Stunden-Shop. Das heißt, der Ort war viel zu exponiert. Dem üblichen Weg der Frau folgend, suchte ich nach einer Ecke, an der wenig Menschen vorbeikamen und wo ich mich auch gut verstecken konnte. Doch irgendwann dachte ich genervt: Wozu dieser ganze Aufwand? Warum nicht direkt zu ihr nach Hause gehen und sie dort erschießen? Peng! Aber natürlich tat ich das nicht. Während ich weiterlief, rauchte ich eine Zigarette nach der anderen. Es gab nur einen Ort, um mein Vorhaben in die Tat umzusetzen: das Grundstück eines verwahrlosten, abbruchreifen Restaurants. Da offenbar Bauarbeiten bevorstanden, war das Gebäude eingerüstet worden. Schmutzigweiße Planen verdeckten die Sicht, nur der obere Teil des Daches schaute heraus. Die Frau war hier oft vorbeigegangen. Niemand würde mich sehen, dachte ich, und auch die Flucht müsste gelingen, wenn ich einfach auf der rückseitigen Straße wegrannte. Das Baustellenschild bestätigte mir, dass ich mich nicht etwa in Tokio, sondern auf dem Boden der Präfektur Saitama befand. Beginn der Bauarbeiten war in fünf Tagen. Als ich das Datum sah, durchfuhr mich ein stechender Schmerz. *Dir bleibt keine Zeit mehr!*, hörte ich eine Stimme in mir sagen. Der Schweiß brach mir aus, und meine Knie zitterten. Die Frau ging meistens zwischen acht und neun Uhr zum Supermarkt. Ich fragte mich, ob man auf der Baustelle um diese Zeit noch arbeiten würde. Aber ich brauchte nicht lange zu überlegen. Hatten die Bauarbeiten einmal begonnen, konnte immer unerwartet jemand auftauchen. Auf dem weißen Schild standen der Name einer Immobilienfirma, ein Personenname, irgendwelche Zahlen sowie ein Hinweis auf den Bau von Eigentumswohnungen. Wie befürchtet, fehlten genauere Angaben zum Verlauf der Arbeiten, und danach zu fragen wäre zu riskant gewesen. Panik ergriff mich, aber ich hatte keine Wahl. Wenn mir noch fünf Tage blieben, musste es am Dienstag geschehen, also in vier Tagen. Donnerstag war bereits zu spät. Bei der Vorstellung, dass ich am nächsten Dienstag jemanden töten würde, begannen meine Gedanken sofort zu kreisen. Warum zum Teufel sollte ich so etwas tun? Doch mein Kopf war zu erschöpft, und so gab ich es auf und beschloss, mich an die Vorbereitungen zu machen.

Auf einmal sah ich den Jungen vor mir. Nicht, dass es darauf ankäme, aber wenn diese Frau tot wäre, dachte ich, dann hätte er ein würdigeres Leben. Ohne Vater, der sich um seinen Sohn kümmerte, würde er bei Verwandten landen oder in einem Kinderheim. Aber war das nicht tausendmal besser, als Tag für Tag von einer halbverrückten Mutter geschlagen und gequält zu werden? Wie in meinem Fall würde der Junge in einer Umgebung aufwachsen, die ihm Schutz und Geborgenheit bot. Er würde sicher aufhören, den Krebsen ihre Scheren abzureißen, und jeden Abend ein Bad nehmen dürfen. Auch das Schielen könnte behandelt werden, und der Junge wäre nicht mehr genötigt, sich auszumalen, was seine Mutter in der Wohnung mit den Männern trieb. All diese Gedanken schwirrten mir durch den Kopf, und als wollte ich mich vor mir selbst rechtfertigen, zwang ich mich zu einem Lächeln.

15

Keisuke kam mit Nakanishi zu Besuch. Nach ein paar Minuten gingen sie schon wieder. Es war alles so wie immer, bis sie sich plötzlich mitten im Gespräch entschuldigten. Sie müssten leider weg, der Job warte. Komisch, dachte ich, aber was soll's. Allein war mir sowieso wohler. Ich hatte das Gefühl, dass Keisuke mir etwas sagen wollte, auch wenn ich mir das vielleicht nur einbildete. Er hatte die ganze Zeit gegrinst und am Schluss vorgeschlagen, bald mal etwas trinken zu gehen.

Ich nahm den Revolver aus dem Lederbeutel und polierte ihn sorgfältig. Sein Anblick versetzte mich jetzt manchmal in Angst und Schrecken. Selten zwar, aber doch. Genau in solch einem Moment hatte neulich Yūko Yoshikawa angerufen, was mich völlig durcheinanderbrachte. Sie fragte, ob ich sie nicht im Café vor dem Bahnhof treffen wolle. Ich zögerte nicht lange und machte mich sofort auf den Weg, nervös umherblickend, als würde ich beobachtet. Auf einmal wurde mir übel. Kein Wunder bei meinem Zigarettenkonsum. Yūko saß im Café und nippte an einem schwarzen Tee. »Was ist denn mit dir los?«, fragte sie, als ich an ihren Tisch trat. Ich muss wie ein Zombie aussehen, dachte ich, antwortete jedoch nur: »Nichts Besonderes.« Zweifelnd schaute sie mich an, sagte aber nichts.

Am Tisch nebenan saß ein junges Paar. Gestern Abend sei sie mit Freundinnen lange bei »Denny's« gewesen und habe dort zufällig einen Kumpel aus der Schulzeit getroffen, das habe in ihr so viele schöne Erinnerungen geweckt. Der Kumpel, ein DJ, lege jeden Samstag in einem Klub in Ikebukuro Platten auf, und da heute Samstag sei, könnten sie doch zusammen hingehen, oder? Die Frau redete ununterbrochen auf den Mann ein. Der antwortete ausweichend, während sein Blick an der Bedienung mit dem kurzen Rock und dem braungefärbten Haar hing, die gerade vorbeikam. Ich bestellte Kaffee, zündete mir eine Zigarette an und sah Yūko an. Der Mann sagte: »Ist doch alles gelogen. Der will sich nur wichtigmachen«, worauf die Frau empört erwiderte: »Das stimmt nicht!«, und mehrmals wiederholte, er sei in New York gewesen und nach den Terrorangriffen nach Japan zurückgekehrt.

»Du, hör mal … Ich möchte, dass du mir gegenüber ehrlich bist«, sagte Yūko und sah mir direkt in die Augen. »Das, ähm, das war nur ein Spielchen, oder? Mit mir, meine ich. Ich kann nicht glauben, dass du mich so verarschen würdest. Und dann wieder denke ich, du tust es doch. Wenn es so ist, will ich es wissen. Hm? Würdest du mir vielleicht erklären, was los ist? Ich will einfach nur Klarheit haben.«

Yūko wandte ihren Blick nicht von mir ab und fuhr fort: »Es war völlig daneben, wie du dich benommen hast. Hörst du mir überhaupt zu? Hast du nichts zu sagen? Dass du mich nicht mehr magst oder ich dich genervt habe, egal was. Sag einfach etwas.«

Plötzlich hatte ich das Bedürfnis, ihr alles zu erzählen. Es wäre eine Dummheit gewesen, aber wenn ich den Revolver dabeigehabt hätte, hätte ich ihn womöglich vor sie auf den Tisch gelegt. Aber sie hätte mich sowieso nicht verstanden, ich verstand mich ja selbst nicht. Und selbst wenn ich es erzählte – wahrscheinlich würde sie mich für einen Verrückten halten und versuchen, mich zu stoppen. Und wenn es ihr nicht gelang, würde sie todsicher die Polizei rufen. Dann hätte ich ein Problem, ein großes Problem. Zwar wusste ich nicht genau, wie das Problem aussehen würde, aber ich wusste, dass man mir die Hölle heißmachen würde. Abgesehen davon war ich ja vielleicht tatsächlich verrückt. Auf einmal überkam es mich, nach vielen Jahren zum ersten Mal wieder: das Verlangen, mich gehenzulassen und einfach zu weinen, und überwältigt von dem Gefühl, rang ich nach Luft. Aber natürlich konnte und wollte ich an diesem Ort nicht weinen. Stattdessen sagte ich nur: »Nimm das nicht so ernst, Yūko. Ist keine große Sache.« Aber was keine große Sache sein sollte, war mir selber nicht klar.

»Hör mal gut zu, Nishikawa«, sagte Yūko. Es dauerte einen Moment, bis ich den Namen als den erkannte, den meine Adoptiveltern mir gegeben hatten. »Irgendetwas an dir ist komisch, total komisch. Ich weiß nicht, was in deinem Kopf vorgeht. Schon immer hatte ich das Gefühl, mit dir ist irgendwas. Aber jetzt ist es noch viel extremer. Also, was ist los? Ist was passiert? Komm, bitte, sag es mir.«

»Du weißt nicht, was ich denke?«

»Ja, keine Ahnung.«

»Na und? Ist doch nicht so schlimm.«

»Was? Ich versteh dich nicht.«

»Eben. Ist doch egal, wenn du nicht weißt, was ich denke. Ich sag dir, es ist völlig egal. So wie alles egal ist, oder nicht? Keine Ahnung, was du von mir willst. Ob ich sterbe, ob du stirbst, ob mein Vater stirbt, ob der Typ da drüben stirbt oder nicht stirbt – was soll's? Scheißegal, oder? Nichts ist wirklich wichtig. So was gibt es nicht, nirgends. Verstehst du? Aber das ist schon okay. Selbst wenn ich – oder wer auch immer –, also wenn ich zum Beispiel –«

Abrupt brach ich ab. Die Situation wurde mir auf einmal peinlich. Warum, hätte ich nicht genau sagen können, aber ich konnte keine Sekunde länger an diesem Ort sein. Oder vielleicht hätte ich dieses Gefühl auch nur gern gehabt. Jedenfalls wollte ich weg, und so stand ich auf. An der Kasse legte ich einen Tausend-Yen-Schein hin, bedankte mich bei der Bedienung und ging.

Wenig später klingelte das Handy. Es war Yūko. Einer Eingebung folgend, warf ich das Telefon in Richtung der Regenrinne am Gehsteig. Es schlug mit einem kurzen Klackern auf, schlitterte über den Asphalt und fiel in die Rinne. Als ich mir eine Zigarette anzünden wollte, erinnerte ich mich, dass ich die Schachtel im Café hatte liegenlassen. Ich stieß einen leisen Schrei aus.

16

Die nächsten zwei Tage vergingen schnell. Ich war wie gelähmt, unfähig, mich auf das Kommende vorzubereiten, und schaute fast nur in die Glotze. Eigenartig war, dass ich keinen einzigen Blick auf den Revolver warf. Seit dem Tag, als ich ihn gefunden hatte, war das noch nie vorgekommen, und ich hätte es auch nicht für möglich gehalten. Ein paarmal klingelte es an der Tür, aber ich ignorierte es.

Am Dienstag schlief ich bis gegen Abend. Als ich erwachte, holte ich erst einmal tief Luft; genauso wie der Mann in jener Filmszene – welcher Film es war, hatte ich vergessen –, der nach dem Aufwachen in dem Wissen, dass er an dem Tag jemanden ermorden würde, tief Luft geholt hatte. Ich machte das zweimal und putzte dann, gründlicher als sonst, meine Zähne. Ohne besondere Absicht schrubbte ich etwa dreißig Minuten herum, schaute danach fern, hörte Musik. Inzwischen war es kurz vor sieben und draußen dunkel, im Fernsehen wurden die

Nachrichten angekündigt. Der Zeiger rückte immer weiter vor, die Zeit drängte. Ich öffnete die Tasche, nahm den Revolver heraus, steckte ihn, so wie er war, in meine Gesäßtasche und zog die schwarze Jacke an. »Töte sie einfach, und die Sache ist erledigt«, sagte ich laut, immer wieder.

Es war unangenehm kalt draußen. Mich schauderte. Beim Gehen spürte ich plötzlich den Revolver hinten in der Jeans. Ich zog ihn heraus und verstaute ihn in der Jacke. Seelenruhig, als sei es die natürlichste Sache der Welt. Erst danach wurde mir bewusst, dass niemand in der Nähe war. Und selbst wenn – es wäre mir egal gewesen. Ich war sogar versucht, den Revolver wieder herauszunehmen und in der Hand damit herumzulaufen, ließ es dann aber sein.

Meine Hände waren klamm vor Kälte. Um sie aufzuwärmen, steckte ich sie in die Taschen. Hätte ich doch Handschuhe dabei, dachte ich, und da fielen mir die teuren aus Leder ein, die ich eigens für diesen Tag gekauft hatte. Dann fiel mir die Taschenlampe ein. Auch die hatte ich vergessen! Verärgert über mich selbst, erwog ich, beides zu Hause zu holen, aber mir fehlte der Mut. Es hätte viel Mut gebraucht, noch umzukehren. Also ging ich weiter, in Richtung der Baustelle. Schon konnte ich sie sehen. Ein Gefühl von Trauer und Einsamkeit ergriff mich, und mir war plötzlich danach, eine wildfremde Person anzusprechen. Ich starrte auf die riesige weiße Umhüllung des Gebäudes, dessen schiere Gegenwart mich erschaudern ließ. Langsam lief ich hinüber.

Beim Parkplatz versuchte ich, hinter die Umhüllung zu gelangen, merkte aber schnell, dass die weißen Planen mit Seilen am Eisengerüst befestigt waren und es nirgends eine Stelle gab, wo ich hätte hineinschlüpfen können. Die harten, straff festgezurrten Kunststoffseile schienen mich zu verhöhnen. Ich sah mich um, vergewisserte mich, dass ich allein war, entzündete mein Feuerzeug und hielt die Flamme an das Seil. Ein kleines orangefarbenes Licht in der Dunkelheit. Ich dachte an einen Kuchen mit brennenden Kerzen. War es diese Erinnerung, die mich ein wenig nostalgisch stimmte? Fasern glühten auf und kringelten sich. Langsam schmolz das Seil, ein Strang nach dem andern riss. Ich wiederholte das Prozedere dreimal, schlug dann die Plane zur Seite und zwängte mich durch die Öffnung. Das völlig im Dunkel liegende Restaurant-Gebäude hatte etwas Unheimliches und wirkte so riesenhaft, dass ich mich winzig klein fühlte. Ich setzte mich auf die Treppenstufen des Eingangs und zündete mir eine Zigarette an. Es war kurz vor acht.

Durch die Spalten zwischen Gerüst und Planen konnte ich die Straße erkennen. Ich suchte eine gute Position und entschied mich schließlich für den Bereich in der Mitte, wo ich genau den Zebrastreifen vor mir hatte. So konnte ich die Gesichter der die Straße überquerenden Fußgänger am besten sehen. Die Frau hatte diesen Zebrastreifen oft benutzt, wie fast alle Leute, die hier vorbeigingen. Wenn sie von der anderen Seite herüberkam, würde ich genug Zeit haben, um sie zweifelsfrei zu identifizieren. Und sobald sie den Gehweg erreichte, würde sie höchstens noch zwei Meter von mir entfernt sein. Durch den Spalt blinzelnd, wartete ich gebannt und mit dem Revolver in der Hand, dass sie auftauchte.

Da ging mir ein wichtiges Detail auf. Es war keineswegs so, dass die Frau mit hundertprozentiger Sicherheit um diese Uhrzeit hier vorbeikam. Zwar oft, aber eben nicht immer. Warum kommt mir das erst jetzt in den Sinn?, fragte ich mich ungläubig und genervt von mir selbst. Wenn ich diese Frau töten wollte, konnte ich es doch auch tun, ohne mich zu verstecken. Was hatte ich an dieser Baustelle verloren? Einmal mehr packten mich Zweifel. Es hatte einen Grund geben, den Revolver hier und nirgendwo anders abzufeuern, aber welchen schon wieder? Etwas Einleuchtendes, Überzeugendes wollte mir nicht einfallen. Ich fühlte mich wie ein

Idiot, und plötzlich kam mir der Gedanke, wieder nach Hause zu gehen. Dort könnte ich seelenruhig auf die Rückkehr der Frau warten, bei ihr klingeln und sie erschießen, sobald sie die Tür öffnete. Das wäre eine sichere und erst noch einfache Methode, dachte ich und entschied mich, es so zu machen, falls sie nicht auftauchte. Es war kurz nach acht.

Beim Warten merkte ich auf einmal, dass ich dauernd auf den Boden starrte. Ich überlegte, warum das sprießende Gras am Boden mich so fesselte. Aber es hatte keinen Sinn, darüber nachzudenken. Es war verdammt kalt, ich wollte mich aufwärmen. Eine Szene aus einer Fernsehserie, die ich am Abend zuvor gesehen hatte, tauchte vor mir auf – ein Mann, der von jemandem verprügelt wurde. Dann schemenhaft die Spitze eines hoch aufragenden Strommastes. An dem Gras war nichts Besonderes. Ich sagte sogar laut: »Das Gras ist nichts Besonderes.« Dann spürte ich wieder die ekelhafte Kälte, sehnte mich nach Wärme in meinen Gliedern. Du wirst nun einen Menschen töten, schoss es mir durch den Kopf, aber das wäre die Tat einer mir unbekannten, fremden Person, weit weg von hier. Auch die Worte »einen Menschen töten« waren nicht von mir. Vielmehr lauerten sie irgendwo in meinen Hirnwindungen, warteten auf eine Gelegenheit, um an die Oberfläche zu gelangen, eigenwillig und unberechenbar. Noch immer starrte ich auf das Gras. Nicht, weil mich das Gras so fasziniert hätte, sondern weil es sehr viel Mut gebraucht hätte, woanders hinzuschauen. »Einen Menschen töten … einen Menschen töten …«, hörte ich mich wieder und wieder murmeln. Es klang fast wie eine Beschwörung. Der Revolver fühlte sich schwer an in meiner Hand, und so ließ ich den Arm langsam sinken. Die Hand mit dem Revolver entspannte sich, doch nach wie vor spürte ich sein Gewicht. *Einen Menschen töten …* Der Klang dieser Worte benebelte mich.

Als ich endlich den Blick hob, sah ich sie durch den Spalt auf der anderen Straßenseite. Sie blieb just bei meinem Zebrastreifen stehen. Die Ampel zeigte Rot, und ich wusste, sobald sie auf Grün wechselte, würde die Frau die Straße überqueren – was bedeutete, dass sie sich mit jedem Schritt meinem Versteck näherte. Plötzlich verspürte ich einen stechenden Schmerz, als zöge sich in meinem Körper alles zusammen. Es fuhr mir durch Mark und Bein. Ich schnappte panisch nach Luft, als müsste ich ersticken, und sank zu Boden. Meine Kehle war wie zugeschnürt. So gut es ging, begann ich, langsam und bewusst zu atmen. Ein und aus, ein und aus – wie dämlich! Am ganzen Leib zitternd, versuchte ich, mich zu konzentrieren, aber mein Verstand spielte verrückt, vor meinen Augen flackerte und flimmerte es. Mit dem letzten Rest Bewusstsein rief ich mir in Erinnerung, was ich eigentlich tun wollte, und entschied mich, erst einmal den Revolver in Position zu bringen. Vorsichtig führte ich den Lauf zum Spalt, achtete darauf, dass die Spitze ja nicht herausschaute. Jetzt war ich wieder voll da. Auf einmal hörte ich ein penetrantes, beinahe schmerzendes Geräusch, und erst nach ein paar Sekunden merkte ich, dass es mein Herz war. Es hämmerte so laut und mechanisch wie eine Maschine. Wenn die Ampel doch nie mehr wechseln würde, dachte ich, aber genau in dem Augenblick sprang sie auf Grün. Die Frau ging los, kam mir auf dem Zebrastreifen Schritt für Schritt näher. Sie wirkte traurig und versank fast in ihrem roten schlabberigen Trainingsanzug. Sie fuhr sich mit der rechten Hand durchs Haar. In wenigen Sekunden wird diese Frau sterben, dachte ich. Ich konzentrierte mich auf den Revolver und spannte den Hahn. Das metallische Klicken widerhallte in meinem Kopf, kalt und messerscharf. Um mein Zittern in den Griff zu kriegen, packte ich mit der linken Hand das Gelenk der rechten Hand, die den Revolver hielt, doch nun begann die linke Hand ebenfalls zu zittern. Scheiße. Ich hatte das Gefühl, als wäre mein Blut voller Metallspäne. Das dumpfe Dröhnen meines

Herzens wurde immer stärker, das Atmen immer schwerer. Beide Hände, die nicht aufhören wollten zu zittern, waren mit winzigen Schweißperlen übersät. *Hör auf zu denken, hör bloß auf zu denken. Drück einfach ab. Was nachher kommt, darüber kannst du später nachdenken, okay?* Die Frau war jetzt fast auf meiner Seite angelangt, es trennten uns vielleicht noch drei, vier Meter – nahe genug, um zu schießen. Der Gedanke durchzuckte mich wie ein elektrischer Schlag, das Blut in meinen Adern schien zu brodeln, zischte und fauchte. In dem Moment öffnete sich ein schwarzer Schlund. Finsternis drang in die Winkel meines Bewusstseins wie Farbe in die Poren einer Leinwand, und mir war, als könnte ich die Spuren, die sie hinterließ, klar und deutlich vor mir sehen. *Drück ab, drück endlich ab!* Gerade hatte die Frau den Gehweg vor mir erreicht, da blieb sie plötzlich stehen, stieß einen Seufzer aus und kehrte wieder um. Ich war so überrascht, dass ich zuerst nicht begriff, was geschah. *Schieß doch,* drängte mich eine innere Stimme, aber ich hatte das Gefühl, gar nicht mehr hier zu sein. Wieder verspürte ich diesen krampfartigen, stechenden Schmerz. Nach ein paar Schritten wechselte die Ampel auf Rot. Die Frau kam zurück und stand nun mit dem Rücken direkt vor mir. Keine zwei Meter entfernt. Trotzdem zögerte ich. Enttäuschung breitete sich in mir aus, irgendwo zwischen den wenigen Metern zu ihrem Rücken und der langen Zeit, die ich brauchte, um endlich abzudrücken. Nur Zentimeter trennten mich von der Gelegenheit, jemanden zu töten, und dem, was danach kommen würde. Geballte Angst packte mich, eine Angst, die meine ganze Existenz zu erschüttern drohte. Vor mir öffnete sich ein endloser Raum, und darin sah ich mich, versunken in einem Meer von Einsamkeit. Würde ich zu einem Menschen, der einen anderen Menschen getötet hat, dann müsste ich die Erinnerung daran bis ans Ende meines Lebens mit mir herumtragen. Und auch auf all jene Menschen verzichten, die mir bis dahin gutgesinnt gewesen waren und die ich gleichwohl verschmäht hatte. Doch der Revolver in meiner Hand drängte mich zu schießen, schnell! Der Revolver war mein Ein und Alles. Ohne ihn hatte mein Leben keinen Sinn. Ich liebte ihn leidenschaftlich – aber er? Er war kalt zu mir, und es machte mich fast verrückt, dass ihn auch nicht zu kümmern schien, wie die Finsternis mich allmählich verschlang. Nicht *ich* benutze den Revolver, dachte ich, der Revolver benutzt *mich*. Ich war lediglich ein Rädchen im System, das den Revolver zur Aktion bringen sollte. Die Erkenntnis, dass ich von Anfang bis Ende nur ein Sklave gewesen war, machte mich traurig. Ich hatte mich von einem menschengemachten Ding beherrschen lassen, hatte ihm mein Leben geopfert, auch wenn es mir nie als etwas Bedeutendes erschienen war. Mein Blick schweifte über die Szenerie, die die Frau umgab. Rostige Ampeln und Signale, Asphalt, irgendwelche Gebäude, irgendwelche Leute, die ich nicht kannte und von denen ich nicht wusste, woher sie kamen und wohin sie gingen. Mehr sah ich nicht, aber ich verspürte ein unwiderstehliches, heftiges Verlangen nach diesem winzigen Bruchstück Leben und nach der vielen, vielen Zeit, die ich hemmungslos vergeudet hatte. Das Verlangen wurde immer stärker und noch stärker. Ich hatte das Gefühl, die Kontrolle über mich zu verlieren. Doch den Abzug jetzt nicht zu drücken – das wäre feige!, blitzte es mir durch den Kopf. Feige war es natürlich nicht, aber ich empfand es so. Was würde wohl nach dem Mord geschehen? Wer weiß, vielleicht war es möglich, so weiterzuleben wie bisher, als wäre nichts gewesen. Im Lauf der Jahrhunderte müssen Abermillionen von Menschen getötet worden sein, direkt oder indirekt. Armut hatte Menschen, ebenso getötet wie Atombomben, daran besteht kein Zweifel, egal, was die Menschheit sagt. Und trotzdem. Ich schaffte es einfach nicht, den Abzug zu drücken. Mein Bewusstsein zerrann, mein Blick verschwamm. Irgendwann merkte ich, dass ich den

Revolver weggeschleudert hatte. Da lag er, mehrere Meter entfernt, im Dreck. Wie benommen kauerte ich am Boden. Jetzt konnte ich nicht mehr länger mit dem Revolver zusammen sein. Der Gedanke breitete sich widerstandslos in meinem Herzen aus. Auf einmal brach etwas auf, und eine Trauer erfasste mich, wie ich sie bisher noch nicht gekannt hatte. Ich begann zu weinen, laut zu schluchzen. Die Tränen flossen nur so aus mir heraus, flossen und flossen, Tränen tiefer Trauer, in die sich auch ein Gefühl von Erleichterung mischte. Weinend saß ich lange da. Ich weiß nicht, warum, aber als mein Blick auf den Revolver fiel, musste ich unwillkürlich an meinen Vater denken, der wohl bald sterben würde.

Ich zündete mir eine Zigarette an und nahm einen tiefen Zug. Der Rauch reizte meine kratzige Kehle so sehr, dass ich einen Hustenanfall bekam. Dann dachte ich wieder an die Frau – an jene junge Frau, die ich so beharrlich verfolgt hatte, um sie zu erschießen, und die mir nun wohl entflohen war, wie früher schon einmal.

17

Mein Leben veränderte sich nach und nach. Es war eigenartig, aber ich begann, vieles bewusster wahrzunehmen, schätzen zu lernen. Wenn ich etwas sah, dann war ich mir bewusst, dass meine Augen sahen. Wenn ich lief, dann war ich mir bewusst, dass meine Beine liefen. Ich konnte mich an kleinen Dingen erfreuen und wurde, wie Keisuke gesagt hätte, endlich ein sozialer Mensch. Dafür war ich nicht mehr so an Frauen interessiert. Ich dachte oft darüber nach, was ich von meinem Vater und meiner Mutter geerbt haben könnte, und kam zum Schluss, dass es kaum einen Unterschied machte. Ich wusste wenig über Vererbung, hatte aber das Gefühl, dass unsere Anlagen im Grunde jede beliebige Gestalt annehmen können. Ich bewegte mich viel, trainierte im Fitnessstudio, bis ich durchgeschwitzt war. Ich ging zur Uni und schrieb fleißig Seminararbeiten, um den Abschluss nicht zu vermasseln. Doch das hieß nicht, dass ich endlich den Sinn des Lebens gefunden hatte. Ich wusste ja schon, dass es so etwas gar nicht gab. Aber im Rahmen dessen, was mir möglich war, wollte ich die Zeit nutzen, sie auskosten, solange ich noch welche hatte. Mein Leben mochte unbedeutend und klein sein, aber immerhin war es mein eigenes.

Doch da war noch etwas, was ich wollte: den Revolver loswerden. Ich musste ihn loswerden, unbedingt, um mein neugewonnenes Lebensgefühl nicht zu gefährden. Natürlich war das traurig. Ich liebte den Revolver ja noch immer, und ich ahnte schon, bis diese Liebe aus mir verbannt wäre, würde viel Zeit vergehen. Wenn ich nur lange genug überlegte, gäbe es vielleicht einen Weg, das Unvermeidliche zu vermeiden, aber mir schien es am besten, den Revolver ohne Zaudern und Zögern wegzuwerfen. Meine Stimmung durfte nicht wieder kippen, und das bedeutete eben auch: Der Revolver durfte nicht mehr in meiner Nähe sein. Allerdings brachte ich es nicht übers Herz, ihn in seine Einzelteile zu zerlegen oder einfach so zu entsorgen. Also entschied ich mich, woanders, weiter weg, Abschied von ihm zu nehmen.

Ich zog die Lederhandschuhe an und wischte sorgfältig die Fingerabdrücke vom Revolver. Mein Plan war, ihn irgendwo ins Wasser zu werfen. Auf diese Weise würde er von niemandem mehr benutzt werden. Fingerabdrücke spielten dann wohl keine

Rolle mehr, aber sicher war sicher. Ich dachte an die Berggegend, wo ich den Revolver ursprünglich hatte ausprobieren wollen. Dort gab es bestimmt einen kleinen See oder einen Fluss. Dass mir gerade diese Gegend in den Sinn kam, hatte keine besondere Bewandtnis. Vielleicht war es einfach nur der Wunsch, noch ein bisschen länger mit dem Revolver zusammen zu sein.

Bevor ich meine Wohnung verließ, nahm ich eine der zwei Patronen aus dem Revolver. Ich wollte sie als eine Art Glücksbringer behalten. Die Patrone hatte einen goldenen Glanz, wunderschön. Wie etwas Kostbares schob ich sie tief in die Tasche meiner Jeans. Später würde ich vielleicht eine kleine Schutzhülle für sie kaufen. Den Revolver tat ich in den Lederbeutel. Beides zusammen zu entsorgen war bestimmt keine schlechte Idee.

Draußen schien die Sonne. Sie umfing mich mit ihren goldgelb leuchtenden Strahlen, wärmte meinen ganzen Körper. Ich zündete mir eine Zigarette an und genoss es, so in der Sonne zu gehen. Ich stellte mir vor, wie sich das Licht bald orange färben würde. Dann dachte ich an Yūko Yoshikawa und wurde etwas wehmütig. Vielleicht konnte ich ihr alles erzählen. Zwar hatte ich meine Zweifel, dass es einigermaßen verständlich sein würde, aber ich würde sie gern noch einmal wiedersehen. Vielleicht hatte mein Verlangen etwas mit dem Liebesfilm zu tun, der neulich, während ich zu Hause vor mich hin träumte, im Fernsehen gelaufen war.

Ich stieg in den Zug und setzte mich auf der Seitenbank ganz in die Ecke. Jetzt schien die Sonne durchs Fenster. Ihre Strahlen brachen sich schillernd im Glas. Gut gelaunt dachte ich wieder an Yūko. Ich folgte mit meinem Blick jeder Straße und jedem einzelnen Haus, das vorbeihuschte. Der Revolver in meiner Jackentasche schien mir wie eh und je unmissverständlich sagen zu wollen: Hier bin ich! – Kein Zweifel, er war da, der Revolver. Und würde schon bald irgendwo im Wasser versinken.

Auf einmal tat er mir ein wenig leid. Gegenüber einem leblosen Ding mochte dieses Gefühl seltsam erscheinen. Doch auch wenn der Revolver einzig und allein dafür gemacht war, Menschen zu töten, empfand ich etwas wie Sympathie oder Erbarmen. Er hatte sich sein Schicksal nicht selber ausgesucht. Aber meine Entscheidung stand fest. Ich durfte mir darüber keine Gedanken mehr machen.

Im Zug wurde es immer voller, so dass ich mich in die Ecke quetschen musste. Neben mir saß ein Mann um die fünfzig oder sechzig. Er wirkte vergammelt, sah in seinen dreckigen Klamotten aus wie ein Penner. Mit weitgespreizten Beinen hockte er da und ließ mir fast keinen Platz mehr. Eine Weile ertrug ich das stoisch, versuchte, mich mit positiven Gedanken abzulenken. Das Erste, was mir in den Sinn kam, war Yūko. Ihr schönes Gesicht. Wie gerne hätte ich mich jetzt mit ihr unterhalten! Dann dachte ich an den Revolver. Dieser dunkle silberne Glanz. Dieses Wunder an Eleganz und Effizienz. Und er gehörte immer noch mir. In meinem Kopf begann alles zu verschwimmen, ich versank wie in einem Nebel. Ein Handy klingelte; es gehörte dem Typ neben mir. Seine Stimme war laut. Er lachte wiehernd, als wäre er alleine im Zug. Es war kaum auszuhalten. Ich schaute zu ihm, starrte ihn an, bis er es endlich bemerkte, aber er lachte nur verächtlich und würdigte mich keines Blickes mehr. In dem Moment wusste ich, dass dieser Penner nichts als Abschaum war, menschlicher Müll. Während er am Telefon quasselte, schmatzte er auf seinem Kaugummi herum. Das Geräusch machte mich verrückt. Ich wollte dem Kerl das Handy aus den Fingern reißen und fortschleudern – und tat es, ohne auch nur eine Sekunde zu zögern. Ungläubig drehte der Typ den Kopf zu mir. Seine Miene belustigte mich. »Sie sind eine Nervensäge«, sagte ich zu ihm und forderte ihn auf auszusteigen. Ich fühlte mich noch immer wie benebelt und war nicht Herr meiner Sinne. »Was fällt dir ein?«, schnauzte der Typ. »Heb es auf!« Ich griff in die Jackentasche, nahm den Revolver aus dem Lederbeutel und packte den Typ bei den Haaren. Vor Verblüffung fiel ihm die Kinnlade runter. Ich schob ihm den Lauf in den Mund und sagte: »Ich töte dich.« Das wird ihm eine Lektion sein, dachte ich. Und wenn Fahrgäste die Polizei riefen, würde ich einfach behaupten, ich hätte den Mann nur mit einer Spielzeugwaffe bedroht. Die Passagiere in unserer Nähe schrien entsetzt auf und versuchten zu fliehen. Die Augen des Mannes waren weit aufgerissen. Japsend rang er nach Luft. Sein übler Mundgeruch, eine Mischung aus Alkohol und süßlichem Kaugummi, widerte mich an, und seine Haare, die ich mit der linken Hand gepackt hielt, waren so fettig, dass es mich vor Ekel schüttelte. Der Mund um den Revolverlauf verzog sich zu einer starren Grimasse. Als ich fragte: »Was ist?«, lallte er: »Der ist eh nicht echt, oder?« Meine Reaktion folgte prompt. Ich spannte den Hahn und sagte: »Das können wir ja gleich mal ausprobieren.« Es kam mir vor wie in einem Film. Als wäre ich nur ein Zuschauer, ließ ich meinen Körper gewähren. Ich drückte den Abzug und hörte, im gleichen Moment, einen ohrenbetäubenden scharfen Knall. Rot spritzte in Strömen heraus, ergoss sich auf den grauen Anzug eines Mannes in der Nähe. Es wurde totenstill. Ich begriff noch nicht ganz, was geschehen war. Der Kopf des Mannes hing schlaff und in einem seltsam verdrehten Winkel zur Seite. Die Fontäne kam aus seinem Hinterkopf und verfärbte alles um ihn herum. Die ungeheure Menge dieser roten Flüssigkeit, die darin schwimmenden roten Fetzen von Fleisch – das konnte nicht die Realität sein. Ich hörte eine Frau aufschreien, Leute rannten wild durcheinander, wollten raus aus dem Zug. Erst jetzt begriff ich, dass ich den Revolver abgefeuert hatte. »Das kann nicht sein«, murmelte ich. »Unmöglich, unmöglich.« Und erst jetzt erkannte ich: Es hätte nicht sein müssen. Es wäre besser gewesen, den Abzug nicht durchzudrücken. Es hätte eine andere Zukunft geben können. Mir war, als würde mein Körper ins Bodenlose fallen, und ich suchte verzweifelt nach etwas, an dem ich mich festhalten konnte. Um mich herum wurde es dunkel. Hilfesuchend blickte ich mich um, aber für die anderen, die zu Tode Erschrockenen, war ich bereits kein Mensch mehr. Mein Körper zog sich zusammen, Krämpfe schüttelten mich, und mein Kiefer zuckte und zitterte unaufhörlich. Mein Blick verengte sich, ich brauchte dringend Halt. Irgendwann schaffte ich es, die Metallstange vor mir zu greifen, aber sie war glitschig, meine Hand blutrot. Ich wollte, dass das alles aufhörte. Je früher, desto besser. Ich sah keinen anderen Weg, als mir selbst in den Kopf zu schießen. Es musste schnell geschehen. Sonst würde mich dieses unfassbare Grauen zerstören, meinen Körper zerreißen. Nur schon der Gedanke daran war schrecklich. Ich wollte kurzen Prozess machen und schießen, aber im Revolver steckte keine Patrone mehr. In meiner Not erinnerte ich mich vage, dass noch eine übrig sein musste. Ich tastete an meiner Jeans herum und klaubte die Patrone mühevoll aus der Tasche. Meine Hände wollten dem Kopf nicht gehorchen, das Laden dauerte. Die anderen Passagiere drängten sich in den Durchgang zum nächsten Waggon und schauten in panischer Angst zu mir. Ich hatte das Gefühl, auf ihre Blicke reagieren zu müssen, und versuchte zu lächeln. Die Patrone sperrte sich, wollte einfach nicht in die Trommel hinein. Wie in einem Gebet, als würde ich mein Leben einer höheren Macht anvertrauen, flehte ich: »Geh rein, bitte …« Und als würde ich zu jemandem neben mir sprechen, sagte ich: »Es dauert nicht mehr lange.« Und dann, immer wieder: »Komisch … komisch …«, während die kleine Patrone zwischen meinen zitternden Fingern blitzte.

Fuminori Nakamura
Der Dieb

Roman. Aus dem Japanischen
von Thomas Eggenberg

Er ist ein Taschendieb mit Prinzipien: nur wohlhabende Opfer, männlich, keine Gewalt. In den überfüllten U-Bahnen oder belebten Straßen Tokios holt Nishimura ihnen das Portemonnaie aus der Tasche. Dabei bedeutet ihm Geld wenig, er lebt zurückgezogen in einem billigen Apartment an der Peripherie, hat keine Familie, keine Freunde. Nur einen kleinen Jungen, der um jeden Preis von ihm lernen will, wie man stiehlt, wird er nicht los. Seine Vergangenheit versucht Nishimura zu vergessen, doch eines Tages holt sie ihn ein. In Gestalt eines Kumpels, mit dem er vor Jahren in einen Raubüberfall verwickelt war. Und auch der Drahtzieher jenes Überfalls, der allmächtige Yakuza-Boss Kizaki, Herr über Leben und Tod, hat erfahren, dass er wieder in Tokio ist.
Ein Roman in messerscharfer, schnörkelloser Sprache, ein Leseerlebnis von großer Intensität.

»Es wird gemordet, Blut fließt viel, es wird sich ordentlich verschworen, die Unterwelt überfällt die Oberschicht. Politisch ist das irgendwie auch. Und magisch. Und eiskalt. Und ziemlich, ziemlich toll.«
Elmar Krekeler / Die Welt, Berlin

»Fuminori Nakamura ist mit *Der Dieb* ein spannender, gelegentlich grausamer, aber stets auch berührender Roman gelungen.«
Ludger Lütkehaus / Neue Zürcher Zeitung

»*Der Dieb* ist neu und gewagt. Ich war tief beeindruckt.« *Kenzaburo Oe*

Fuminori Nakamura

Die Maske

Roman. Aus dem Japanischen von Thomas Eggenberg

Fumihiro Kuki ist elf Jahre alt, als sein Vater ihm erklärt: »Ich habe dich gezeugt, damit du ein Geschwür für diese Welt bist.« Doch Fumihiro hat ganz andere Pläne: Er will ein anständiger Mann werden, damit er das Waisenmädchen Kaori heiraten kann. Im Rausch seiner ersten großen Liebe geht dem Jungen zu spät auf, dass sein Vater das Mädchen missbraucht. Fumihiro beschließt, den Vater zu töten, in einem geheimen Raum tief unten im Keller kommt es zum Eklat, der alte Mann stürzt, Fumihiro verrammelt die Tür und geht.
Doch obwohl der Vater, der für Fumihiro sein Leben lang nichts als Schrecken bedeutete, nun nicht mehr ist, kann er sich nicht von ihm freimachen. Zu schwer wiegen Schuldgefühle und Gewissensbisse. Einzig die Liebe zu Kaori bedeutet ihm noch etwas. Doch Kaori verschwindet, und Fumihiro gerät immer mehr in die Schusslinie der Mafia, der auch sein Familienclan angehört.

»Fuminori Nakamura ist Hochliteratur. Das nächste große Literaturding nach Haruki Murakami. Ein Wunderkind.« *Elmar Krekeler/Die Welt, Berlin*

Banana Yoshimoto im Diogenes Verlag

»Eine Romanautorin als Jugendidol – bei uns unvorstellbar. In Japan jedoch hat Banana Yoshimoto genau das geschafft.« *Petra, Hamburg*

»Banana Yoshimoto schreibt wunderbar subtile, wundersam verstörende Bücher, in denen Japans Jugend endlich eine Stimme bekommt.« *Stern, Hamburg*

Kitchen
Aus dem Japanischen von Wolfgang E. Schlecht. Mit einem Essay von Giorgio Amitrano

N. P.
Roman. Deutsch von Annelie Ortmanns-Suzuki

Tsugumi
Roman. Deutsch von Annelie Ortmanns

Dornröschenschlaf
Drei Erzählungen von der Nacht. Deutsch von Annelie Ortmanns, Gisela Ogasa und Anita Brockmann

Amrita
Roman. Deutsch von Annelie Ortmanns

Sly
Roman. Deutsch von Anita Brockmann

Federkleid
Roman. Deutsch von Thomas Eggenberg

Mein Körper weiß alles
Dreizehn Geschichten. Deutsch von Annelie Ortmanns und Thomas Eggenberg

Ihre Nacht
Roman. Deutsch von Thomas Eggenberg

Der See
Roman. Deutsch von Thomas Eggenberg

Moshi Moshi
Roman. Deutsch von Matthias Pfeifer

Lebensgeister
Deutsch von Thomas Eggenberg

Erinnerungen aus der Sackgasse
Fünf Erzählungen. Deutsch von Annelie Ortmanns

Folgende Titel sind zurzeit ausschließlich als eBook erhältlich:

Hard-boiled. Hard Luck
Zwei Erzählungen. Deutsch von Annelie Ortmanns

Eidechse
Erzählungen. Deutsch von Anita Brockmann und Annelie Ortmanns

Donal Ryan im Diogenes Verlag

Die Sache mit dem Dezember

Roman. Aus dem Englischen
von Anna-Nina Kroll

John »Johnsey« Cunliffes Gedanken sprudeln wie ein Wasserstrahl in seinem Kopf herum und wollen sich nicht zu Wörtern und Sätzen bändigen lassen. Deshalb sagt er meistens nichts. Er schweigt, als seine über alles geliebten Eltern sterben, schweigt, als ihn die Nachbarn drängen, sein Land zu verkaufen, schweigt, als er brutal zusammengeschlagen wird und Gefahr läuft, sein Augenlicht zu verlieren. In dieser dunkelsten aller Stunden taucht Siobhán an seiner Seite auf, in deren freundliche Stimme Johnsey sich auf der Stelle verliebt. Mit ihr kehrt für einen kurzen Moment das Licht in sein Leben zurück. Doch das Rad der Ereignisse hat längst begonnen, sich zu drehen, und niemand vermag es mehr aufzuhalten.

»Die Geschichte zeigt, was die Gier aus Menschen macht, denen moralische Werte fehlen. Sie reißt mit, verstört, weckt Emotionen. Es ist aber auch ein witziges, ja aberwitziges Buch. Die Starken sind hier mal keine Helden, der Schwache gewinnt Würde. Ein unterhaltendes Buch, ein aufwühlendes Buch.«
Frank Statzner /
Hessischer Rundfunk, Frankfurt am Main

Die Gesichter der Wahrheit

Roman. Deutsch von Anna-Nina Kroll

Nachdem die große Finanzblase geplatzt ist, kommen in einem kleinen Städtchen in Irland gefährliche Spannungen ans Licht. Pokey Burke, vormals Chef der örtlichen Baufirma, die für Arbeit und Wohlstand sorgte, hat sich feige aus dem Staub gemacht und die

Menschen seiner Heimatstadt mit unbezahlten Gehältern und unfertigen Häusern im Stich gelassen. Die Krise hat ein Gesicht: das des Nachbarn. Als die Gewalt auflodert, ist jeder gefangen zwischen dem, was er nach außen vorgibt zu sein, und dem, was er sich in seinem Innersten wünscht. Einundzwanzig unterschiedliche Stimmen erzählen jede ihre eigene Wahrheit, und eine einzigartige Geschichte beginnt.

»Das ungeheuer facettenreiche, komplexe und berührende Sittenbild eines kleinen Dorfes, das vom Wohlstand in die Hoffnungslosigkeit rutscht.«
Österreichischer Rundfunk, Wien

»Eine fiese Geschichte, begeisternd erzählt.«
Udo Feist / Westdeutscher Rundfunk, Köln

Die Lieben der Melody Shee

Roman. Deutsch von Anna-Nina Kroll

Als Melodys Mann sich nach zwei Fehlgeburten heimlich sterilisieren lässt, beantwortet sie diesen Vertrauensbruch mit einer Affäre und wird schwanger – von einem ihrer Schüler. Das hat Konsequenzen im erzkatholischen Irland. Melody schwankt zwischen dem stillen Glück, das das werdende Leben in ihr auslöst, und der Schuld, die sie mit seiner Entstehung auf sich geladen hat. Doch die Entscheidung, die sie letztlich trifft, ist so unkonventionell wie mutig.

»Mit diesem Roman beweist Ryan, dass er unumstritten zu den besten Autoren Irlands zählt.«
The Guardian, London